「念のため僕の首にしがみついたほうが安全だけど……」
「へ、平気だ、これくらいの高さ」

「とりあえず、串焼き肉とビールでいいかな？」
「ありがとねカイトっ。お礼に好きなだけ耳を撫でていいからっ」

「ぷはーっ！　生き返るぅ～！」
「今日のビールは格別な味がするのだろうな……」

その向こうには、オルテアさんの姿が見えた。
パジャマから普段着に着替えている最中で、
下着姿のままぽかんとした顔で僕を見ている。
その顔がじわじわと赤みを帯びていき――

最強デスビームを撃てるサラリーマン、異世界を征く 2

剣と魔法の世界を無敵のビームで無双する

猫又ぬこ

HJ文庫
1151

口絵・本文イラスト　カット

目次

《 序幕　ハエの王 》

森が夕日で赤く染まる頃。

人里から遠く離れた林道沿いの開けた場所で、モンストロは鍋を焚き火にかけていた。立ち上る湯気に顔を火照らせながらも、使い込まれた木杓子で鍋をかき混ぜていく。

本日の献立は、芋と豆のトマト煮込みだ。完熟トマトをトロトロになるまでじっくりと煮込んだことで、スープのようなサラッとした仕上がりになった。

味見してみると、ほどよく酸味が利いていた。隠し味の赤ワインのおかげで、さっぱりしつつも深みのある味わいになっている。

(我ながら上出来だ。これなら不満も出ないだろう)

モンストロは料理の出来栄えに満足しつつ、深皿にトマト煮込みを注ぎ、リュックから布で包んだパンを取り出す。

そうして夕食の準備を終えると、モンストロは木陰で品のない話をしていた三人の男に恐る恐る声をかけた。

「あ、あの～……夕食の準備ができましたが……」

「あぁ⁉　聞こえねぇぞ！」

男の怒声に、モンストロはびくっと身を竦めた。

「す、すみません！　夕食ができました！」

「やっとか！　ほんと仕事が遅ぇ野郎だな！　オレたちを飢え死にさせる気か⁉」

彼らはここを飲食店だと勘違いしてやいないだろうか？　設備の整った店と野営とでは料理にかかる手間が段違いであることくらい想像に難くないだろうに。

もっとも、彼らに向かってそんなことは言えないが。

「す、すみません。次からは急ぎます……」

これでも急いだほうだが、モンストロにはこれ以上彼らの怒りを買わないように、謝ることしかできなかった。

モンストロは料理人としてC級パーティに同行させてもらっている立場だ。危険な魔物との戦いは彼らに任せ、報酬の一割強――金貨一枚をもらう約束を取りつけている。

彼らと組むのははじめてだが、噂はかねがね聞いている。血の気が多く、横暴ながらも実力は確かで、週に一度のペースで依頼をこなし、今回依頼を果たせばB級に昇級すると。

B級ともなれば一度に金貨三〇枚ほどを稼ぐことができる。同じ条件で同行できれば、モンストロは一度に金貨三枚を稼げるのだ。

食材費は自腹だが、普通に働くより実入りがいいので、彼らに取り入るためにも機嫌を損ねるようなことはできない。

もちろんストレスは溜まるが、金を稼ぐためなら我慢できる。上手くすれば一年後には開業資金が貯まり、夢にまで見た自分の飲食店を持つことができるのだから。

彼らと旅を始めて四日目。料理の腕前に自信はあるので当然と言えば当然だが、些細なことで怒鳴られつつも、一度も『不味い』とは言われていない。

とりわけ、今日のトマト煮込みは自信作だ。一口食べれば機嫌が良くなり、いままでの非礼を詫びてくれるかも――

「ん？　おいモンストロ！　なんだこりゃ！」

彼らは不機嫌そうに皿を突き出してくる。

「芋と豆のトマト煮込みですが……」

「んなこた見りゃわかる！　肉はどうした肉は！」

「肉は昨日の分で最後でして……」

怖くて口には出せないが、肉が足りなくなったのは彼らのせいだ。

事前に肉が好きだと聞いていたので腸詰め肉と燻製肉を多めに用意していたが、初日に料理していると『肉が少ない！　これくらい使え！』と勝手にリュックから肉を取り出し、鍋に放り込んできたのだ。

勝手に手を加えられると料理が台無しになってしまうため、翌日からは彼らが満足するように、多めに肉を使って料理するようになり……結果、食料はパンと野菜だけになってしまった。

あり合わせで作ったにしては美味しくできたので、おとなしくトマト煮込みを味わってほしいのだが……

「肉がねえだと⁉　ふざけんな！　オレらに肉も食わずに魔物と戦えってのか⁉」

「す、すみません……。で、ですが、今日の料理も美味しくできましたので……」

「肉を食わせろっつってんだよ！」

彼は皿を地面に叩きつけ、苛立たしげに鬱蒼とした森を指さした。

「肉がないなら狩ってこい！」

「わ、私がですか？」

「料理はてめえの仕事だろうが！」

「で、でしたら、せめてマジックアイテムを貸してください……」

モンストロは火起こし用のマジックアイテムしか持っていない。料理用なのでたいした火力ではないし、狩りで役立つようなものではない。

モンストロの頼みを受け、彼らはますます苛立たしげな顔をした。

「商売道具をてめえなんぞに貸すわけねえだろ！　てめえのナイフでなんとかしろ！」

「わかったらさっさと行きやがれ！　じゃねえとぶっ殺すぞ！」

「手ぶらで帰ってきやがったら承知しねえからな！」

空腹のせいか、モンストロを見下しているからか、彼らは感情的に怒りをぶつけてくる。

これ以上ここにいると殴られかねない。

実際、彼らは先ほどまで『荷物持ちの獣人を殴ったときの顔が傑作だった』だの『金が欲しいから尻を撫でられても胸を揉まれても言い返してこない』だのと品のない話で盛り上がっていた。モンストロを雇ったのも、冒険中に美食を味わいたいからではなく、ただ単にストレス発散できる相手が欲しかったからかもしれない。

モンストロは獣人ではないが、立場が弱いのは同じだ。この四日間で完全に舐められ、殴っても刃向かわれることはないと思われている。これ以上ここにいると、今回の報酬は治療費に消えてしまいかねない。

「わ、わかりました……」

モンストロは彼らから逃げるように森のなかへ踏み込んだ。木々のざわめきが響くなか、料理用のナイフを握りしめ、奥へ奥へと進んでいく。

彼らの姿が見えなくなると、モンストロは怒りを吐き出すように叫んだ。

「ばっ、バカかあいつら！　こ、こんなナイフで狩りなんてできるわけないだろ！」

モンストロに狩りの経験などないのだ。そのうえ持っている武器はナイフ一本。これで倒せる動物はせいぜい野ウサギくらいだが、こんな足場の悪いなか、すばしっこい動物を狩れるわけがない。そもそも彼らが野ウサギで満足するとは思えない。

イノシシでも連れ帰れば満足だろうが、ナイフでは返り討ちに遭うのがオチだ。万が一魔物と出くわせば、為す術もなく殺されてしまう。

「こ、こんなところで死んでたまるか……！　私は自分の店を持つんだ！　料理で稼いで成り上がるんだ！　私が偉くなったら、あいつらに復讐してやる！」

自分を奮い立たせるように叫びながら森のなかを進んでいると――

「な、なんだ!?」

突然、ブウウウウウウウン！　と不気味な音が響いた。最初は耳元にハエがいるのかと思ったが、羽虫の姿は見当たらない。いくら頭を振っても音は消えず、さらに日が沈んだのか、ただでさえ薄暗かった森が急に暗さを増した。

こうも暗いと狩りは無理だ。屈辱だが、やはり彼らに謝るしかない。殴られるかもしれないが、まさか本当に殺したりはしないだろう。

　鳴り止まない羽音を鬱陶しく思いつつ、浮き出た根っこに足を取られそうになりながら、モンストロは無事に森を抜け――

「――ッ⁉」

　そして、絶句する。

　モンストロをいびっていた三人が、血だまりに沈んでいたから。

　ひとりは首がなく、ひとりは胴体に風穴が空き、ひとりは上半身と下半身が千切れ――

亡骸のひとつに、老人が腰かけていた。

　灰色がかった白髪をオールバックにまとめた、一見するに紳士風の男だが……その服は血で赤く染まっていた。

　それが返り血であることは、この異様な状況からも察することができた。

「うぷ……っ」

　惨殺死体とむせ返るような血の臭いに吐き気がこみ上げる。

　モンストロはいますぐにでもこの場を離れたかったが、足が根を張ったように動かない。

恐怖のあまり身が竦み、身体が言うことを聞いてくれない。

　ガチガチと奥歯を鳴らし、身体を震わせていると、老人が冷酷な眼差しを向けてきた。

その瞬間、モンストロは死を悟る——これまでの思い出が走馬灯のように駆け巡る。

早くに母を亡くしたこと。

父が切り盛りする飲食店を手伝っていたこと。

味にうるさかった父がはじめて料理を褒めてくれたこと。

食材の買い出しのため町を離れた日に故郷がスタンピードで滅んだこと——

「——この料理は、貴様が？」

老人が冷たい声で問うてきた。まだ問答の余地が残されているとわかり、モンストロはその場に膝をつき、恐怖に顔を歪ませながら命乞いをする。

「ど、どど、どうか……どうか命だけはお助けを……」

「問いに答えろ。この料理は貴様が作ったのかと訊いている」

「は、はい！　私です！　私が作りました！」

「そうか。貴様、冒険者か？」

「い、いえ！　私はしがない料理人に過ぎません！　戦う力などありません！　あなたに敵意はありません！　で、ですのでどうかお見逃しを……」

「よけいなことはなにも言うな。死にたくなければ、吾輩の問いだけに答えろ」

「は……」

はい、と言いかけた言葉を咄嗟に飲み込み、モンストロはこくこくうなずいた。

老人は言葉を続ける。

「訊くが、貴様はこれ以外にも作れるのか？」

これ、とはトマト煮込みのことだろう。老人の手には、皿とスプーンが握られていた。

信じられないことに、彼は死体が転がり異臭が漂うなか、食事を楽しんでいたらしい。

「は、はい。食材さえあればですが……」

「そうか。そういうことであれば、条件次第では貴様を殺すのはやめてやろう」

「じょ、条件、ですか……？」

モンストロが怖々とたずねると、老人はスプーンで空を指した。

彼から目を離した瞬間に殺されるのでは……と怯えつつも、モンストロは空を見上げ、声にならない悲鳴を上げる。

空には無数の羽虫がいた。

ただの虫ではない。この距離からでも姿形がはっきりわかる大きさだ。ハサミのような大顎とハエに似たフォルム――デビルフライの群れが、大空を埋め尽くしていた。

「ま、まさか……」

モンストロは冒険者ではないので魔物には詳しくないが、デビルフライは知っている。

彼の生まれ故郷はデビルフライの群れが押し寄せてきたことで――スタンピードで滅びたのだから。

そして噂では、デビルフライが多く集う場所には『ハエの王』なる魔物がいるとされている。

C級魔物のデビルフライを無数に従えるというその脅威度から、ハエの王はA級に分類されている。そしてA級魔物は高い知能を持ち、人間のように振る舞うとされている。スタンピードがはじめて観測された時期と照らし合わせると、ハエの王は老人のように老いた外見でもおかしくない。つまりは……

「あ、あなたが、ハエの王……？」

「ベルゼだ。やはり人間は吾輩の存在を把握していたようだな」

ベルゼは忌々しそうに眉をひそめる。機嫌を損なわせてしまったようだ。モンストロは慌てて謝罪しようとしたが、ベルゼに遮られた。

「だからこそ、デビルフライと離別することにしたわけだが」

「離別……ですか？」

「そうだ。吾輩は穏やかに美食を堪能できればそれで満足だが、デビルフライが冒険者を引き寄せるのでな。吾輩のもとへたどりつけた者は誰ひとりとしていないが、いいかげん鬱陶しくなってきた。そこで貴様の出番というわけだ」

「私の、ですか……？」

「うむ。吾輩に穏やかな暮らしと美食を提供すると誓（ちか）うのであれば、貴様の願いを叶（かな）えてやろう」

　どうする、と冷酷な目を向けられ、モンストロは首を縦に振ることしかできなかった。

《第一幕　聖霊祭》

その日の朝――。大きな窓から差し込む陽光に目を覚ますと、ふたりの少女が僕の顔を覗き込んでいた。

ひとりはくりっとした真紅の瞳を持つ女の子だ。グレーの髪をツインテールにまとめ、メルヘンチックな衣装に身を包み、猫のような獣耳を生やしている。

もうひとりは凛々しい顔立ちの女の子だ。さらりとした青い髪は背中に届くほど長く、身体にぴったり密着する衣装とマントケープを纏い、犬のような獣耳を生やしている。

ふたりはオルテアさんとフリーゼさん――。僕の大事な友達で、同居人だ。

「おはよう。ふたりとも早起きだね」

時計がないので正確な時間はわからないけど、日差しの柔らかさからしてまだ早朝だ。起きるには早い時間だけれど、昨日は早めに夕食を済ませた。お腹が空き、僕を起こしに来たのだろう。

などと推察してみたが、まだ起こすつもりはなかったのか、ふたりは申し訳なさそうに

眉を下げた。

「ごめんねカイト、起こしちゃって。あたしのお腹の音で目が覚めちゃったのよね？」

僕は自然に目覚めただけだけど、オルテアさんはそうは思っていないみたいだ。そんなことないよ、と声をかけようとしたところ、フリーゼさんが首を横に振り、

「いや、オルテア殿の責任ではない。タイミング的にカイト殿は私の腹の音を聞いて目を覚ましたはずだ。オルテア殿がぎゅるぎゅると音を響かせたあと、私のぐぅ～という音が鳴り、カイト殿は目を覚ましたのでな」

「そ、そんなぎゅるぎゅる鳴らしてないわよっ」

お腹の音を指摘され、オルテアさんの頬が赤くなった。友達とはいえ異性の前でそんな話をされたくないのか、恥ずかしそうに僕の顔をチラ見しながらオルテアさんが弁明する。

「だ、だいたい、フリーゼのほうが大きい音出してたじゃない！　あたしは『ぐぅ～』で、あなたが『ぎゅるるるるー！』よ！」

「そ、それは言い過ぎだろう！　私が『ぐぅ～』で、オルテア殿が『ぎゅるるるるー！』だったはずだ！」

なんて言い合うふたりの頭部では、獣耳がぴこぴこと動いている。それを一目見た瞬間、僕の胸の内に欲望が渦巻いた。ふたりの獣耳を思う存分撫でまわしたいという欲望が――。

そんな僕の視線に気づき、ふたりは言い合いをやめた。期待するような眼差しで、

「あたしの耳を撫でたくなったのっ？」

「私の耳でよければ好きなだけ撫でていいぞっ」

「ありがとう。嬉しいよっ」

　獣人にとって獣耳を褒めるのは愛の告白のようなもの。プロポーズに近しい行為だと、以前オルテアさんから聞かされた。

　そんな大事な耳に触れる許可をくれるなんて、僕のことを信用してくれている証拠だ。

　ふたりの気持ちを嬉しく思いつつ、右手でオルテアさんの耳に、左手でフリーゼさんの耳にそっと触れる。

　獣耳の先端を軽く摘まむと、ふにっとした感触だ。根元に近づくにつれてコリコリ感が増してきたが、人間のそれとは違って軟骨っぽさはない。しばらく指先で感触を堪能していると、ふたりはくすぐったそうに目を細めた。

「痛くない？」

「痛くないわ。むしろ気持ちいいくらい」

「カイト殿は撫で上手だな」

「ふたりがいつも撫でさせてくれるおかげだよ」

「どういたしまして。もっと全体的に撫でてくれてもいいのよ？」

「そうさせてもらおうかな」

お言葉に甘え、てのひら全体で獣耳を撫でる。

獣耳と一口に言っても毛並みから形まで個人差がある。オルテアさんの獣耳は毛が短くサラッとしていて、フリーゼさんの獣耳は毛が長くふわっとしている。

てのひら全体で感触を楽しんでいると、ぺたんと折れ曲がってしまい、髪を撫でているようになってしまう。

この撫で方が一番気持ちいいようで、ふたりは頬をゆるゆるにさせていた。僕としても、獣耳の感触を存分に楽しめるこの撫で方が一番好きだ。

あぁ、ほんと、幸せだな……。

朝からこんな気持ちになれるなんて、三ヶ月前の僕に話しても信じてはくれないだろう。なにせ二九年の人生で、僕はただの一度も生きていることに喜びを見出せなかったのだから。

物心ついた頃から母に『勉強していい会社に就職すれば幸せになれる』と言い聞かされ、友達付き合いを許されず、娯楽に触れることもできず、勉強漬けの毎日を過ごした。

結果的に『いい会社』に就職することはできたけど、母の言う『幸せ』が訪れることはなく……

趣味を作ろうにも何事にも興味が持てず、休日はなにをすればいいのかわからず、ただ貯金だけが増えていく日々を送っていた。

そんなある日、僕は雷に打たれて死んだ。

そして、女神様の私的空間――いわゆる死後の世界に招かれたのだ。

女神様が言うには、僕はまだ死ぬべきではなく、彼女の不手際で命を落としてしまったらしい。

そのお詫びとして、天国へ行くか異世界へ行くかの二択を提案された。

けっきょくは異世界一択だったけど、生きていても楽しいことなんかないと思い込んでいたのだ。天国に行きたいと渋る僕に、女神様は『好きなものが見つかれば楽しい人生を送れる』と語り、心理テスト形式で三つの好きなものを探ることになり――

心理テストの結果『収集欲に正直な力』『獣耳を愛する力』『光線を出す力』を授かる運びとなった。

そうして異世界へ転送され、最初はどうなることかと思ったが、フタを開ければ最高の日々が待っていた。

オルテアさんとフリーゼさんという素敵な友達と巡り会うこともでき、異世界を訪れてからというもの、毎日楽しく過ごせている。

「カイト、幸せそうね」

「そんなに撫で心地がよかったのか？」

「本当に最高だよ。ありがとね、オルテアさん、フリーゼさん」

僕が感謝を伝えると、ふたりとも照れくさそうにはにかんだ。

「ありがとうはこっちの台詞よ。カイトのおかげで素敵な生活が送れてるんだから」

「うむ。こんなに素敵な生活を送っている獣人は、ほかにはいないと断言できる」

この世界には人間のほかに、ふたりのような獣人が多く暮らしている。外見的な違いもあるけど、なにより人間と獣人は『魔力の有無』という点で大きく異なっている。

科学のかわりに魔法が発達したこの世界で、獣人には魔力がない……。たとえるなら、電化製品を使えないようなものだけど、部屋の明かりをつけることも、蛇口から水を出すこともできないのでは、不便さはそれ以上だ。仕事も限られ、足もとを見られ、意地悪な人間に安くこき使われている獣人も珍しくない。

実際、僕と出会うまでオルテアさんは借金に苦しめられ、フリーゼさんは自分を担保にした賭けで日銭を稼いでいた。

「ほんと、カイトには感謝してもしきれないわっ。こんなに素敵なお家に住めるなんて夢

「お城を見て飽きない？」

「どういたしまして。だけど、毎日お城を見て飽きないわっ」

「いつ見ても飽きないわっ」

「オルテア殿は飽きるどころか、今朝もうっとりと城を眺めていたぞ」

フリーゼさんがほほ笑ましそうに言う。

この家を購入する決め手になったのは、オルテアさんの『お城が見える家に住みたい』という夢を叶えるためだ。友達の夢が叶い、自分のことのように嬉しいのだろう。

「気に入ってもらえたなら引っ越したかいがあるよ」

異世界を訪れてしばらくはオルテアさんの家に三人で暮らしていたが、八畳ほどの広さしかなく、手狭感があった。

そのうえ収集欲に正直に生き、部屋が僕の私物であふれかえっていたのだ。つまずいて怪我をする前に引っ越そうと決め、いまの家に越してきた。

その額、金貨八〇〇枚。日本円に換算すると八〇〇〇万円だ。そんな額をぽんと出せるわけがなく、ローンを組ませてもらった。

ローンはまだ残っているが、幸いにも光線欲のおかげで冒険者として活躍できている。返済に追われるどころか、余裕を持って暮らせている。

……獣耳欲は満たされたけど、ビームのことを考えていたら光線欲が疼いてきた。早くビームを撃ちたい！

「食事をしたらギルドに行かない？」

ふたりは待ってましたとばかりにうなずき、ぐぅ～とお腹を鳴らすのだった。

◆

最寄りのパン屋で朝食を楽しんだ僕たちは、晴れ渡る空の下、歩いてギルドへ向かっていた。

「やはりパンは焼きたてに限るなっ！　香りから食感まですべてが最高だっ。余り物とは大違いだな！」

「半額で買えるけど、余り物のパンって硬い上にぼそぼそしてて、あんまり美味しくないのよね。今日のパンは本当に美味しかったわ。ご馳走してくれてありがとね、カイト」

「ご馳走になってばかりだと悪いし、お礼にカイト殿をギルドまで背負ってもいいが？」

「気持ちだけ受け取っておくよ」

二九歳の男性が一六歳の女の子に背負われる姿は、町のひとにはあまり見られたくない光景だ。

「たまには恩返しさせてほしいのだが……」

「そんなこと考えなくていいって、友達なんだから。それに自分で歩かないと太っちゃうからね」

　僕は空を飛ぶのにビームを使っている。光線欲を満たせるし、できることならいますぐビームを撃ちたいところだけど、三十路を目前に控えて太りやすくなってきた。

　見た目にこだわりはないけれど、運動しないと不健康になってしまう。かつては人生に未練なんてなかったけど、いまはもう違うのだ。長生きするためにも適度な運動は欠かせない。

　パン屋からギルドまでは一駅分くらいしか離れてないし、運動がてら歩くにはちょうどいい距離だ。

「あら、心配しなくてもカイトは太ってないわよ。お腹だって引き締まってるじゃない」

「たしかに太っているようには見えないが……なぜお腹が引き締まっていると知っているのだ？　……まさかカイト殿が寝ている隙に服をめくったり……」

「そ、そんな破廉恥なことしないわよっ。空を飛ぶとき、いつもカイトにしがみついてるからわかるのっ」

顔を赤らめてそう語るオルテアさんに、フリーゼさんは納得顔をした。そしてふと思い出すように、

「しがみつくと言えば……最近、オルテア殿の抱き心地が柔らかくなってきたような気がするな」

「え、嘘!?」

「嘘ではない。お腹がむにむにしている気がするぞ」

「お腹が、むにむに……」

オルテアさんはショックを受けたようにうつむいてしまった。ぺたぺたとお腹に触り、むにむにしてる……、とため息をこぼす。

フリーゼさんが慌てた様子で、

「す、すまない。悲しませるつもりはなくて……私はただ、オルテア殿の抱き心地がいいという話をしたかっただけなのだ。空を飛んでいるときに、オルテア殿の柔らかな身体を抱きしめていると、安心できるのでな」

もちろん空を飛ぶのは怖くないが、とフリーゼさんは付け足す。

「謝らなくていいわよ……太ったのはあたしが食べ過ぎちゃうせいだし。ビールだって、がぶがぶ飲んじゃうし……ていうか、同じような生活を送ってるのにどうしてフリーゼは

むに
むに

太らないの？」

「私はいつも部屋で素振りをしているのでな。おそらくはそのおかげだろう」

「……あたしも今日から素振りしていい？」

「ついでに僕もいいかな？　いい運動になりそうだし」

「もちろんだっ。みんなで素振りしたほうが楽しいのでなっ」

みんなで運動できるとわかり、フリーゼさんは声を弾ませた。

そうして会話を楽しみつつも歩を進め、僕たちは第一区画の一等地にある歴史を感じる建物にやってきた。ギルドだ。

さっそくギルドに入ると、食欲をそそる香りが漂ってきた。清潔感のあるギルド内には食堂が併設され、冒険者たちが賑やかに朝食を楽しんでいる。

それを横目に窓口へ向かうと、顔なじみの受付嬢さんが親しげに笑みを向けてきた。

「こんにちはカイト様」

「こんにちは。依頼を受けに来ました。なるべく近場のものをお願いします」

普段は距離を気にせずに受付嬢さんに勧められた依頼を受けているけど、明日は大事な用がある。それというのは聖霊祭だ。

この国では一〇年に一度、国を挙げてお祭りを催しているらしい。その日は夜明けから先祖の霊が帰ってくるとされていて、国民は祖霊を安心させるため朝から飲めや歌えやの宴を楽しむのだとか。

日没になると祖霊は城へ集うと信じられ、剣聖が城内で『今後も民を守るので安心してお帰りください』と誓いを立てることで、聖霊祭は幕引きとなる。

ちなみに剣聖とは冒険者のなかから選ばれる聖霊祭の称号で、今期は僕が任命された。

最近までスピリチュアルな話に懐疑的だったけど、身をもって霊的な経験をしたのだ。目には見えなくても本当に祖霊が帰ってくるのかもしれないし、そうでなくても剣聖という大役を仰せつかった以上、真剣に祖霊と対話するべきだ。

そんな大事な仕事をすっぽかすわけにはいかないため、今日中には依頼を済ませて帰りたい。

受付嬢さんも僕が剣聖に選ばれたことは知っているので、すぐに事情を察してくれた。

少々お待ちください、とうしろにある戸棚を漁り、こちらはどうでしょうか、と一枚の手配書を見せてくる。

ポイズンモスという名称の、蛾に酷似した魔物が描かれていた。危険度はBで、報酬は金貨三〇枚。生息地は『ミスティ大森林・グリーズ川近辺』と記されている。

異世界生活を始めて三ヶ月弱。最初は右も左もわからなかったけど、冒険者として旅を続けているうちに、地理に詳しくなってきた。

ミスティ大森林は、王都から二五〇キロほど東に広がる大森林だ。僕とオルテアさんがはじめて出会った廃鉱山の、さらにその向こうにある。

それくらいの距離なら片道二時間もかからない。討伐自体は一撃で終わるので、あとはポイズンモスがすぐに見つかるかどうかだけど……まだ朝だし、捜索が難航しても今日中には王都に帰れるはずだ。

「それにしても、グリーズ川近辺ですか……厄介な場所に生息してますね」

「わかります？」

「ええ。王都に繋がる川のひとつですよね」

この世界では電車のかわりに船が長距離の交通手段となっている。王都をはじめとするすべての町が川を通して繋がりを持ち、ひとや物資を運んでいる。

「グリーズ川は王都と町を繋ぐ要路のひとつですが、ポイズンモスの出現以降、使われていません。まだ発見から二週間ですが……長引けば物資の運搬が滞り、生活に支障が出てしまいます」

物資の運搬が滞れば王都に品物が届かなくなる。収集欲に正直な力を授かり、買い物を生きがいにしている僕にとってもこれは由々しき事態だ。可及的速やかにポイズンモスを倒さないと！

「だけどこれ、そんなに強そうには見えないわよ？」

「頑張れば船乗りでも倒せそうだが……」

ふたりが手配書を覗き込んで言う。

見た目に惑わされるのは危険だけれど、そう言いたくなる気持ちもわかる。危険度Ｂの魔物と言えば、サーペントだったりワイバーンだったり、外見からも強さが伝わってくる魔物ばかりだったから。

だけど手配書に間違いはないようだ。受付嬢さんは警告するように言う。

「ポイズンモスは、危険度Ｂに相応しい魔物です。硬さに限って言えばＥ級魔物にも劣りますが、空を飛び、さらに毒の鱗粉を広域にまき散らしますので。それを吸ってしまえば一分足らずで死に至るとされています」

「一分足らずで……」

「死に至る……」

ふたりは顔を青ざめさせ、僕の腕にぎゅっとしがみついてきた。

一発でも魔法を当てれば倒せるが、相手は空から毒を散布する。戦うにはこちらも空を飛ぶ必要があるけれど、人間の魔力には限界があるのだ。飛行と防御と攻撃を同時に行い続ければ、すぐに魔力が切れてしまう。

つまりは役割分担が必要で、だからこその危険度Bなのだ。人間が単独撃破できるのは危険度Cまでとされているから。

もっとも僕のビームは魔法じゃないし、女神パワーで好きなだけビームが撃てる身体に改造されたので、魔力切れを気にせずに戦うことができるのだが。

「風向きに気をつけつつ、距離を取って戦えば問題ないということですね？」

「そうなりますね。……ただ厄介なことに、グリーズ川近辺は霧が濃く、どこから魔物が飛び出してくるかわからないのですが……」

とはいえ、と受付嬢さんは僕に信頼の眼差しを向け、明るい声で続ける。

「カイト様はとてもお強い方ですし、問題なく討伐できるかと」

「期待に応えられるよう頑張ります」

そうして正式にポイズンモス討伐の依頼を受け、僕たちはギルドをあとにした。いつもならこのまま現場へ向かうけど……

「どうする？　ふたりは王都に残っててもいいけど……」

さっきまであんなに怖がってたし、ふたりが王都に残りたいと言うのなら、僕はそれを尊重したい。

　B級以上は依頼を受ける際にパーティを組む必要があるけれど、あくまで安全に依頼をこなすため。実際に全員で戦わないといけないわけじゃないのだから。

だけど、ふたりは迷いなく首を横に振った。

「ううん。カイトについていくわ」

「役に立てるとは思っていないが、カイト殿だけを危険な目に遭わせたくないのでな」

「ありがと！　嬉しいよっ」

　ふたりは大事な友達だ。危険な場所から遠ざけたい気持ちはあるけれど、友達と一緒（いっしょ）に過ごしたい気持ちも強い。友達がおらず、小中高の修学旅行を楽しめなかった僕にとって、おしゃべりしながらの空の旅は本当に楽しいひとときだから。

　僕はさっそくスティックビームを生み出した。丸太のようなサイズだけど、光線なので重さはない。

　みんなで魔女（まじょ）の箒（ほうき）よろしくスティックビームに跨（また）がると、足もとから放たれるジェットビームで宙に浮かびつつ、風防としてシールドビームを展開。一直線にミスティ大森林へ飛んでいく。

　体感時速は二〇〇キロだ。安心安全な空の旅を楽しんでいると、太陽が真上に昇（のぼ）る頃（ころ）、湿地（しっち）の向こうに大森林が見えてきた。

「信じられないくらい広い森ね……」

「ここからポイズンモスを見つけるのは骨が折れそうだな……」

「一応『グリーズ川近辺』って情報はあるし、森全体を探す必要はないよ」

　話しながらも鬱蒼とした森の上空を飛んでいき、グリーズ川を発見する。

　グリーズ川は、大森林に包まれた広大な川だった。アマゾン川のような雄大さがあり、霧さえかかっていなければカヤッククルーズを楽しめそうだ。

「聞いてた通り、視界が悪いね。ちょっと高度を落としたほうがよさそうだけど……」

「あたしは平気だけど……フリーゼはどう？　怖くない？」

「べ、べつに怖くなどないぞ！　私は勇敢な獣人なのでな！」

「怖くないにしては、ものすごい強さでしがみついてるけど……」

「こ、これはオルテア殿の感触を楽しんでいるだけだ！　このむにむにが癖になる！」

「むにむにとか言わないでよっ」

　フリーゼさんは怖がってそうだが、気を遣うとプライドを傷つけてしまうので、高度を落とすことにした。

　しかし近づきすぎるとポイズンモスの毒粉を吸い込んでしまう恐れがあるため、高度は五〇メートルほどに保ち、風向きに注意しつつ、捜索を開始する。

川の上空を滑るように飛んでいき……西日が眩しくなってきた頃、ポイズンモスが見つからないまま大森林を抜けてしまった。

「うう、ずっと下を向いてたから首が痛いわ……」

「私は目がしょぼしょぼするぞ……」

「瞬きしてなかったの……？」

「いつ飛び出してくるかわからないので、なるべく瞬きしないよう心がけたのだ。なのに見つからないとなると……ポイズンモスは縄張りを移したのでは？」

「かもしれないけど、夜行性かもしれないからね。ひとつだけ怪しい場所を見つけたから、そこに戻ってみよう」

「怪しい場所などあったか？」

「木が枯れてたんだよ。あれがポイズンモスの毒粉によるものなら、そこを根城にしてる可能性があるよ」

「言われてみれば、あった気がするわね……」

「それなら私も見かけたが、ポイズンモスは見当たらなかったぞ」

「蛾は擬態が上手いからね。背景に溶けこんで見つからなかったんだと思うよ」

「つまり、近くまでいかないと見つけられないということか……？」

そんなことすれば毒の粉を吸い込んでしまう恐れがあるし、できれば距離を保ちたい。

「最悪の場合はそうしないといけなくなるけど、ポイズンモスが蛾と同じ習性を持ってるなら、その必要はないと思うよ」

「蛾と同じ習性？」

「うん。とにかく日が出ているうちに行こう。日が沈んだら枯れ木の場所すらわからなくなるよ」

僕たちは川の上空を引き返していく。

そして薄暗くなってきた頃、目当ての場所にたどりついた。

上空から見るに、川辺の森が一〇〇メートル以上にわたって枯れている。ほかの木々は青々とした葉っぱを茂らせているのに、一部だけ枯れているのは不自然だ。やはりここにポイズンモスが潜んでいるのかも。

「ポイズンモスは見当たらないが……近づかずに発見できる方法があるのか？」

「確証はないけどね。僕の予想が正しければ急に飛び出してくるから、覚悟はしてて」

ふたりにそう告げると、僕は眼下に光球を生み出した。直径五メートルほどのそれは、ライトビームだ。僕の意思で自在に動かすことができるライトビームを、枯れ木のほうへ近づけていった——そのときだ。

「きゃあ⁉」

「で、出た！　出たぞ！」

ふたりが悲鳴を上げた。突然、枯れ木のなかから巨大な蛾が飛び出してきたのだ。焦げ茶の羽をはためかせ、黒々とした鱗粉をまき散らしているそれは、手配書で見たのと同じ姿形をしていた。

ポイズンモスだ！

電灯に群がる羽虫のように光球へと吸い寄せられるポイズンモスに、僕は右手を向けた。ソードビームを生み出し、イメージを伝えると、如意棒のようにぐんぐん伸びていき――スパン！　と横薙ぎに払い、ポイズンモスの頭部を切り落とす。

その瞬間、ポイズンモスの亡骸は地に落ちていきながら、ドロドロと溶け出した。全長五メートルほどの巨体が溶解していき、枯れ木に叩きつけられる。

落下先を目で追いかけていると、ふたりが心を落ち着けるようにため息を吐いた。

「カイトの言う通り、本当に急に飛び出てきたわね……」

「ずっと隠れ潜んでいたのに、なぜ急に飛び出してきたのだ……？」

「走光性だよ。ポイズンモスは光に引き寄せられたんだ」

走光性は二種類ある。光から離れる走光性と、光に近づく走光性だ。たとえばミミズは光から離れる習性を持っているし、蛾やハエなんかは光に近づく習性を持っている。

外見が似ているだけで厳密に言うと虫じゃないが、光に飛び込んできたところからして、ポイズンモスも蛾と同じ習性を持っていたようだ。

「カイト殿は博識だな。……しかし、どうしてポイズンモスは太陽に向かって飛んでいかなかったのだ？」

「きっと夜行性だったんだよ」

言いつつ、僕は枯れ木に向かってクリーンビームを散布する。あらゆる汚れを浄化するクリーンビームで毒を消すと高度を下げていき、枯れ木の根元にきらりと光るものを発見。

赤々としたそれは、ポイズンモスの魔石だ。

「これで任務達成ねっ」

「カイト殿のおかげで無事攻略だっ。安心したらお腹が空いてきたな……」

「僕もだよ。王都に帰って食事にしよう」

僕たちはスティックビームに跨がると、なにを食べようかと相談しながら王都へと引き返すのだった。

◆

そして翌日。僕は早くに目を覚ました。

今日は待ちに待った聖霊祭当日だ。聖霊祭は夜明けとともに開幕なのでもう始まってるはずだけど……日が昇って間もないからか、ここが人通りの少ない閑静な住宅区だからか、窓を開けても賑やかな声は聞こえてこない。祭りは始まってるはずだし、大通りへ行けば活気を肌で感じることができるのだろうか。

「楽しみだな」

前世では勉強漬けの日々を送り、ただの一度も祭りと名のつくものに参加できなかった。それに当時は祭りに参加したいとも思っていなかった。僕はなにに対しても興味を持てない人間だったから。

いまは違う。異世界を訪れ、人生ではじめて生きていることに喜びを見出し、いまでは世界が輝いて見える。

なにより友達ができたのだ。オルテアさんとフリーゼさんと一緒なら祭りを楽しめるに違いない。

聖霊祭は一〇年に一度しか開催されず、おまけに僕は剣聖なので、途中で抜けなくてはならない。できるだけ長く祭りを楽しみたいし……まだ寝てるかもだけど、ふたりに声をかけてみようかな。

ささっと着替えを済ませると部屋を出て、となりの部屋をノックしようとしたところ、ガチャッとドアが開かれた。

「おおカイト殿。ちょうどよかった、呼びに行こうとしていたところなのだ」

ドアを開けたのはフリーゼさんだった。その向こうには、オルテアさんの姿が見えた。パジャマから普段着に着替えている最中で、下着姿のままぽかんとした顔で僕を見ている。

その顔がじわじわと赤みを帯びていき――

「きゃあ!?　閉めて閉めて！」

オルテアさんが部屋の死角に隠れ、フリーゼさんはびっくりしつつもドアを閉めた。

ほどなくするとドアが開き、ふたりが姿を見せる。オルテアさんは、まだ顔を赤らめていた。

「ごめんね、変なタイミングで来ちゃって」

「う、ううん。カイトのせいじゃないわ。それより……あたしのお腹、見ちゃった？」

下着姿を見られたこと以上に、お腹の肉付きを気にしているみたいだ。全然太っているようには見えなかったし、多少肉がついていたほうが健康的でいいと思うけど……

「見てないよ」

「そ、そう。ならいいの……」

体つきのことを言うとセクハラになってしまうので、誤魔化すことにした。

「ところで、カイト殿はなにか用があって来たのでは？」

「ふたりを起こそうと思って。ほら、今日はお祭りだから。昨日の疲れが残ってるなら、もうちょっとのんびりしてもいいけど……」

「いや、疲れは落ちた。それに私も今日という日を心待ちにしていたのでな。すぐにでも祭りを楽しみたいところだが……」

ちら、と心配そうにオルテアさんを見る。

「オルテア殿が、腕を痛めたようでな」

「どこかにぶつけたの？」

「ううん。ただの筋肉痛よ」

オルテアさんは二の腕をさすりながら言った。

僕たちは昨日、素振りをしたのだ。フリーゼさんの剣は想像していた以上に重く、僕は数回でやめてしまったけど、オルテアさんは熱心に振り続けていた。

「カイトは痛くないの？」

「僕はすぐにやめたし、それに三十路間近だから。すぐに筋肉痛が来るのは若い証拠だよ。

ちなみにフリーゼさんは？」

「私はいまさら筋肉痛にはならないぞ。筋肉痛は身体が成長している証拠なので喜ばしいことではあるが、祭りを楽しむには邪魔なのでな。そこで――」

「フリーゼにカイトを呼びに行ってもらうことにしたの。カイトのビームなら、筋肉痛も治せるんじゃないかって」

「うん。キュアビームなら治せると思うよ」

筋肉痛は、傷ついた筋繊維を修復する際に発生する痛みだ。キュアビームは痛みを消すビームじゃないけど、筋繊維を修復すれば自然と筋肉痛も消えるはず。

さっそくオルテアさんにキュアビームを放つ。青白いミストシャワーが散布され――

「……どう？　まだ痛む？」

「えっと……わっ、すごい！　もう痛くないっ」

腕をぐるぐる回し、オルテアさんは笑顔になった。

「ありがとねカイトっ。これでこれからも心置きなく素振りできるわ」

「あんまり無茶はしないでね」

「無茶なことはしないけど、今日はいっぱい食べたいから。食べた分は運動しないと」

「うむ。せっかくの祭りなのだ。思う存分に飲食を楽しもうではないかっ」

うきうきと声を弾ませるふたりとともに、僕は家をあとにした。

快晴の空の下、ギルドのある大通りへと足を運ぶ。

まだ朝早いけど、人通りはいつもより多かった。いつもならまだ閉まっている飲食店もすでに営業を始め、店の奥からは賑々しい声が聞こえてくる。さらに夜明け直後から飲み始めたのか、すでにできあがっているひとも散見できた。

そんな酔っ払いのおじさんを介抱していた金髪ショートの女性が、僕を見るなり明るく声をかけてきた。

「カイトさんじゃないですかっ」

「こんにちはクリエさん」

彼女は以前僕を暗殺しようとした女性のひとりだ。暗殺というと聞こえが悪いけれど、実際のところクリエさんは操られていただけ。すべての元凶はA級冒険者にしてA級魔物でもあったブラドにあった。

しかし当時、ブラドが魔物であることは知られておらず、クリエさんは殺人未遂の罪で投獄されてしまった。

彼女と最後に会ったのも牢獄だ。ブラドが洗脳魔法の使い手であることを解き明かし、治安隊の隊長を務めるファベルさんにクリエさんたちを解放すると約束してもらったものの、その日は一日かけて王都中にキュアビームを散布してまわったので、クリエさんに会う機会がなかったのだ。

「会えてよかった！　ずっとカイトさんにお礼を言いたかったんですっ」

「お礼なんていいですよ。僕はただ、僕の友達に酷いことをしたブラドを倒しただけですから」

「だとしても助けられたことに変わりはありません。ぜひお礼をさせてくださいっ。私の家でご馳走しますよっ」

「以前もたしかそんな誘いをしていたな」

「まさかまた操られてるんじゃないでしょうね？」

フリーゼさんとオルテアさんが、じっとりとした目でクリエさんを見る。以前、彼女は僕を罠にかけるため、同じような誘い文句でナンパしてきたのだ。

「操られてませんからっ。純粋にカイトさんにお礼をしたいだけですからっ」

「お礼って、具体的にはなにするの？」

オルテアさんはなぜかクリエさんのふくよかな胸元を見ている。クリエさんはモデルのような体型なので、もしかすると嫉妬しているのかも。

「美味しいワインをご馳走しますっ」

「ふむ。ワインか……」

「フリーゼさん、ワインに興味あるの？」

「興味がないと言えば嘘になるな。前々から飲みたいとは思っていたが……」

「この辺りの店では滅多に取り扱ってないものね。あったとしてもビールに比べて値段が張るし……」

　王都外壁の周辺には畑が広がっているが、大麦の生産が主だ。王都内で製造されているためビールは安く手に入るが、ワインは運送コストが上乗せされ、割高になってしまうのだろう。おまけに飲食店ではなく小売店に優先して卸されているのか、食事中にワインを見かけた記憶はない。

「お父さんがワイン好きで、聖霊祭のために買い集めてたんです。ヴィンテージワインもありますよ。美味しく熟成されているはずです」

「そんな大事なワインを飲んじゃっていいんですか？」

「ええ。見ての通りお父さん、完全に酔っ払っちゃってますから。もうこれ以上飲むのは無理ですよ」

「そのひと、クリエさんのお父さんだったんですね」

「恥ずかしながら……。昨日遅くに『前祝いだー』って友達と飲みに出かけたんですけど……夜が明けても帰ってこないので心配して様子を見に来たら、ご覧の有様ですよ」

「おまちゅりサイコー！」

べろべろに酔っ払った父親を見られ、クリエさんは恥ずかしそうに赤面する。

「父がこんなですから、もう好きなだけ飲んじゃってください。もちろんおふたりも」

オルテアさんとフリーゼさんは意外そうな顔をした。

「私もいいのか？」

「あなたを助けたのはカイトなんだけど……」

「おふたりにもご迷惑をおかけしたと聞きましたから……。ワインがお詫びになるのなら、好きなだけ飲んでください」

「ふむ。そういうことならお言葉に甘えるのも良いかもしれぬなっ」

「そうね。お詫びさせないままなのは逆に申し訳ないものねっ」

ワインが飲めるとわかり、ふたりともわくわくしている様子。感情と連動しているのか、尻尾をフリフリさせている。

ただ……お祭りなので朝からお酒を飲むのはべつにいいけど、空きっ腹にお酒を飲むと悪酔いすると聞いたことがある。楽しく祭りを過ごすためにも、ワインを飲むのは朝食を済ませてからにしてほしい。

「クリエさんのご自宅はどちらに？」

「第一区画の西門付近です。ただ、すぐに家に行くことはできなくて……」

「まあ、父親がその様子では放っておくこともできぬだろうな」

「いえ、父はこのまま放っておきます。私、このあと友達と待ち合わせをしてるんですよ。

みんなカイトさんに会えると知ったら喜びますよっ。ずっとお礼をしたいと言ってましたから」

「それって、ブラドに操られてたひとたちですか？」

「はいっ。ですので、ぜひぜひ来てほしいですっ」

「わかりました。そういうことでしたら、昼からでどうですか？」

「そのほうが助かります。朝から飲むのはきついですからね」

そうして太陽が真上に昇る頃にギルド前で合流することになり、僕たちはクリエさんと別れた。

「ワイン楽しみねっ」

「ワインに合うつまみを買ったほうがよいかもしれぬなっ」

「朝食を済ませたら買い物しよっか？」

賛成っ、と声を弾ませるふたりとともに、僕たちは賑やかな飲食店へ足を運ぶのだった。

◆

その日の夕方。

「でねでね、カイトってば『二度とオルテアさんに絡むな』って凄んでくれたの！」

「きゃーっ、かっこいいー！」

「しかもあたしのために大事な装飾品を渡しちゃったのよ！」

「すごーい！　王子様みたーい！」

「でしょ！　あたしにとって白馬の王子様なのよカイトはっ！」

「白馬には乗ってないがなっ」

「もうっ、細かいことはいいのよ！」

「大事なのは守ってくれるかどうかだもんねー！」

「そうそうっ、クリエの言う通りよっ！」

室内に女性たちの賑やかな声が響き渡る。

場所はクリエさんの自宅だ。四時間ほど前に以前助けた女性たちと合流し、家を訪れるなりワインボトルを開け、お酒が入ったことですぐに打ち解け、あっという間に女子会の様相を呈(てい)してしまった。

　顔を合わせたときは大人びていた女性たちも、ワインを四本空ける頃にはすっかりできあがり――

「カイトさん楽しんでますかぁ～？」

「ちゃんと飲んでますかぁ～？」

「人生楽しまなきゃ損ですよー！」

「遠慮(えんりょ)せず飲んじゃってくださいねぇ～！」

　僕にしなだれかかったり肩(かた)を組んだり、親しげに絡んでくるようになった。

　その変わりっぷりに戸惑(とまど)いを覚えたものの、嫌(いや)な気はしなかった。賑々しい空間に身を置いていると明るい気分にさせられるし、友達が楽しそうにはしゃいでいる姿を見るのは好きだから。

　これで僕も酔っ払えたらもっと楽しめるんだろうけど、剣聖の仕事があるのでぐびぐび飲むわけにはいかず、深みがありつつもあっさりしていて飲みやすかったが、一杯(いっぱい)だけに留(とど)めておいた。

「ほらカイト、チーズあるわよっ。あーん」

「ありがと。……うん、美味しいよ」

「クラッカーもあるぞ！　あーん！」

「ありがと。……うん、美味しいよ」

「いいないいなー。私も食べさせたーい！」

「私も私もー！」

　次々と口に食べ物が運ばれてくる。僕はすっかりみんなのおもちゃだ。

　記憶が残っていたら次に会ったときどんな顔をされるだろうか。申し訳なさそうな顔か、恥ずかしそうな顔のどちらかだとは思うけど……これだけ酔ってたら記憶も飛んじゃうのかな？

　ともあれ。

「そろそろお城に行きますね」

　空はすっかり夕焼け色。剣聖の仕事が迫っている。

　スケジュールについては聞かされていて、小高い壁が夕日を遮る頃、家に使いを送ると言われている。

　こちらの世界には時計がなく、太陽を基準になんとなくで暮らしているので、ちょっと待つくらいは想定の範囲内だろうけど、国王様の使いを待たせるのは申し訳ない。

「オルテアさんとフリーゼさんは、まだ飲みたいよね？」

「うむっ。これからが宴だ！」

「いっぱい飲んでご先祖様を安心させなきゃっ！」

飲み過ぎは身体に悪いけど、今日だけは特別だ。二日酔いは確実だが、キュアビームで治せばいい。

べろべろに酔ったふたりをスティックビームに乗せるのは危ないし、歩いて帰宅できるかもわからないので、ここでお祭り騒ぎを続けてほしい。

「やることを終えたら迎えに来るから、それまでここで飲んでて。クリエさんも、それでいいですか？」

「もちろんですっ。朝まで楽しもうね、オルテアちゃん、フリーゼちゃん！」

「望むところよ！」

「ワインボトルをすべて空にしてやるのだ！　かんぱーい！」

かんぱーい、と大盛り上がりの女性陣をその場に残し、僕はクリエさんの家をあとにした。

ひとりなのでスティックビームは使わず、ジェットビームで帰宅する。そうして静かな家で待っていると、ノック音が響いた。

「お待たせしました、カイト様」

ドアを開けると、使いのひとが立っていた。馬車に乗り、お城へ連れていかれ、謁見の間に通される。

広々とした謁見の間には獅子が刺繡されたタペストリーが垂れ下がり、壇上の玉座には着飾った老人が腰かけていた。国王様だ。

「よく来たなカイト殿。聖霊祭は楽しんでくれたかな？」

「はい。楽しく過ごせました」

お祭りとはいえ街中に飾り付けが行われているわけではなく、違いと言えば賑々しさが増していることくらいだったが、それこそが聖霊祭の正しいあり方なのだろう。聖霊祭は先祖を安心させるための催しなのだから。明るく振る舞う人々を見て、安心してくれたに違いない。

僕も賑やかな雰囲気に胸が躍ったし、午後からはお祭りというより飲み会だったけど、友達と一緒だったので楽しく過ごすことができた。

「それはなによりだ。こうして今日という日を無事迎えることができたのは、カイト殿がブラドから王都を守ってくれたから――その礼と言ってはなんだが、獣人への配給制度は明日から始める手はずになっている」

「本当ですかっ？」

うむ、と国王様はうなずく。

「最初は王都だけだが、順次ほかの町にも配給制度を始めさせることになっている」

「そうですか……ありがとうございます！」

オルテアさんとフリーゼさんには食うに困らない生活を送らせることができているが、獣人はほかにも大勢いる。そして僕の稼ぎでは、獣人全員に食料を配ることはできない。

だからこそ、剣聖になろうと誓ったのだ。剣聖になれば国王様から望みの褒美を賜れる
――配給制度を導入してもらい、貧困に喘ぐ獣人の助けになることができるから。

僕が感謝の気持ちを伝えると、国王様は満足そうに笑みを浮かべ……しかし、と表情を曇らせた。

「いまは食料にも余裕があるが、万が一スタンピードが発生すれば、配給制度を維持するのは難しくなる。それだけは心に留めておいてくれ」

この世界にやってきて早三ヶ月。異世界の知識はあらかた手に入れたと思っていたが、まだまだ知らないことがあるようだ。

「スタンピードとは……？」

知識としては知っている。スタンピードとは生き物の集団が突然同じ方向へ走り始める現象のことだ。

ただ、この知識は日本で仕入れたもの。同じ言葉ではあるけれど、意味することは違うかもしれない。

知っていて当然の知識なのか、国王様は意外そうな顔をしつつ、

「カイト殿、歳はいくつだ？」

「今年で三〇になります」

「ふむ。ではスタンピードを知らなくてもおかしくない年齢か。かいつまんで説明すると、スタンピードとはデビルフライの大移動を意味している」

「デビルフライ……」

「巨大なハエだと思ってくれていい。デビルフライの危険度はC級に設定されていてな。武力のない私が言うのもおかしな話ではあるが、それ自体はたいした脅威ではないのだ」

「スタンピードが起きると、どれくらいのデビルフライが移動するんですか？」

「正確な数は把握できておらぬが……空を埋めつくすほどの群れだ。一〇〇〇〇匹はいるだろう」

「一〇〇〇〇、ですか……？」

異常な数だ。言うなればスタンピードは蝗害のようなものだけど、押し寄せてくるのはイナゴではなく魔物の群れ。被害に遭うのは作物だけじゃないだろう。

「我が国はたびたびスタンピードの被害に遭っていてな……過去には一夜にしてひとつの町が荒野と化したこともあるのだ」

「生存者は……」

「ゼロだ」

たった一夜で建物どころか住人すらも消えてしまう。ブラドがやろうとしていたことも恐ろしいが、話を聞くにスタンピードはそれ以上に脅威的だ。

「ここ三〇年は、スタンピードは発生してないんですか？」

僕の年齢を聞き、その歳なら知らなくてもおかしくないと言っていたので、少なくとも三〇年は被害が出ていないはず。

「最後に発生したのは三〇年前だ。もっとも、そのときはひとりの青年の手によって阻止されたがな」

「阻止できるものなんですね」

「私も驚いたよ。前例がなかったのでな。本人も無我夢中だったらしく、どうやって追い払ったかは覚えていないと言っていた」

「なるほど。ところで、デビルフライはいまどこに？」

「いまは国境の密林地帯に留まっている」

ここ三〇年、町には押し寄せていないらしい。じわじわと自然を破壊しつつも、スタンピードは発生していないようだ。

「とはいえ、いつ押し寄せるかわからんのでな。できることなら私の代で、ハエの王ごと退治したいと願っている」

「ハエの王、ですか……？」

「うむ。スタンピードがはじめて観測されて六五年……。裏を返せば、それ以前にデビルフライが統率の取れた動きを見せたという記録はない。そもそもデビルフライは群れない魔物とされていたのでな。ゆえにデビルフライが多く集う場所には、スタンピードを指示するハエの王がいると推測されているのだ。被害地域は大陸の南部であることから、南の魔王とも呼ばれているがな」

本家本元の魔王になぞらえているのだろう。七〇年前、大陸北部に魔王を名乗る魔物が現れ、いまだに争いが続いていると聞いている。

「正直な気持ちを言わせてもらえば、我が国としては南の魔王のほうが遙かに脅威的だ。デビルフライを殲滅するのは不可能だろうが、ハエの王だけでも退治できないだろうかと思っている」

しかし相手は一〇〇〇〇匹を超えるデビルフライに守られていて、その姿形は定かにはなっていないのだ。

発見すら困難なハエの王を討ち取るビジョンが見えないのか、国王様は精神的に参ってしまっているようだった。

だからというわけじゃないけど、僕は言った。

「もしものときは僕が戦います」

僕はヒーローなんかじゃない。最近まで一介のサラリーマンに過ぎなかった男だ。

余生を魔王との戦いに捧げようとしていた先代剣聖のベリックさんのように世界平和に貢献しようだなんてスケールの大きな考えは持ち合わせていない。

それでも僕には戦う力が――光線を出す力が備わっている。なにより僕は、この世界が大好きだ。友達と過ごす幸せな日常を守るためにも、降りかかる火の粉は全力で払う所存である。

「さすがはカイト殿、それでこそ剣聖だ。カイト殿が誓いを立ててくれれば、ご先祖様も安心してくださるだろう！」

僕の宣言に、国王様はとても嬉しそうに感謝してくれたのだった。

◆

海辺の断崖絶壁に佇む、古びた灯台——。

老朽化によって捨てられたその灯台には、かつて灯台守が暮らしていた家が併設されており……

「……」

その一室で、老人が無言で食事していた。

燕尾服に身を包み、灰色がかった白髪をオールバックにまとめた、一見するに紳士風の老人だ。そんな老人の傍らには、メイド服に身を包んだ獣人娘が佇んでいた。

（息が詰まるぜ……）

話し相手になれと言われるとそれはそれで困るが、沈黙が漂うなか、無表情で食事している老人を前に、給仕メイドのティガロは居心地の悪さを感じていた。

とはいえ、こちらから話しかけるつもりはない。給仕を任されるにあたり、彼女は雇い主から『家主の食事の邪魔だけはするな』と厳命を受けたから。

あちらから話しかけられれば相づちくらいは打つが、給仕を務めて早二年、ティガロは老人の声すらも聞いたことがなかった。もしかするとしゃべることができないのでは、と思っているくらいだ。

やがて皿が空になり、老人がナイフとフォークを置く。それを合図にティガロは食器をトレーにまとめると、一礼して家をあとにする。

家を出ると、眩しい日差しが降り注いできた。潮風が吹き抜け、オレンジがかった髪がなびくなか、ティガロは日差しに目を細め、深くため息を吐いた。

まだ昼だ。給仕の仕事は朝昼晩の計三回。空が夕焼け色に染まる頃、また老人に料理を届けに行かないといけない。

（せっかくの食事なんだから、もっと美味そうに食えばいいのによ……。ほんと、空気が重いったらありゃしないぜ）

詳しいことは知らないが、ティガロの雇い主である町長と先ほどの老人は昔馴染みだと聞いている。昔世話になったお礼に、捨てられた灯台に住まわせ、毎日食事を振る舞っているのだとか。

（仲が良いなら一緒に食事すりゃいいのに。なんでわざわざ家まで飯を運ばせるのかね）

この仕事に就いてからというもの不思議には思っているが、不満というわけではない。老人に一日三回食事を届けるだけの簡単な仕事なのに、給料がいいからだ。

住み込みで家賃はかからず、余り物とはいえ朝昼晩の一日三食が提供され、それでいて報酬は月に金貨二枚。獣人としては破格すぎる好待遇だ。

雇い主は小言が多く、性格がいいとは言えないが、そもそも人間とはそういうものだ。ストレスが溜まることはあるが、金払いがいい分、ほかの仕事よりマシと言える。

このまま猫を被り続ければ、生活は安泰だ。離れた場所で暮らす両親にも仕送りできる。

（金も貯まってきたし、また仕送りしようかね）

ティガロの雇い主は十数人のメイドを雇っている。その全員が獣人であり、それぞれに役割分担がされている。

そして給仕はティガロだけだ。

以前、雇い主に帰省のための休暇を求めたところ、「獣人が休みたいなどと言うな」と怒鳴られてしまった。

思わず反論しそうになったが、ぐっと我慢して親に仕送りしたいと伝えると、雑用係のメイドに預けるように言い渡された。また主人に頼み、仕送りをさせてもらうとしよう。

そんなことを考えながら、ティガロはトレーを抱えて屋敷へ向かう。

灯台から五分ほど歩いたところで、立派な屋敷が見えてきた。港町を一望できる高台に建てられた、代々町長が住まう屋敷である。

「お疲れ様、ティガロちゃんっ！」

と、花壇に水をやっていた同僚のマロンが笑顔で出迎えてくれた。

「そっちもお疲れ。綺麗に咲いてんな」

「でしょ。食べちゃうのがもったいないよね」

「だな。食用花だっけ？　花を食べるなんて、金持ちの考えることは理解できねえな」

ティガロがぽろっと漏らした一言に、マロンは大慌てで言う。

「そっ、そんなこと言っちゃだめだよっ。旦那様に聞かれたら怒られちゃうよっ」

「平気だって。どうせこの時間は厨房だろ？」

金持ちらしく多くのメイドを雇っているが、そのなかにキッチンメイドはいない。主人自らが料理を行い、夕食を作り終えるまでは厨房にこもりきりだ。

「んじゃ、わたしは厨房行くから――っとと」

屋敷のドアを開けようとした際に、ワイングラスが落ちそうになった。するとマロンがドアを開け、にこやかに言う。

「グラス持つよ」

「助かるぜ。割っちまったら大目玉を食らうからな。けど、そっちの仕事はいいのか？」

「うん。水やりは終わったからね。これから清掃係と合流して、屋敷のまわりの草むしりだよ」

「いいよなマロンは、外で働けて。わたしもそっちの仕事に就きたいぜ」

「ティガロちゃんの仕事のほうがいいよ。給仕ってひとりしか選ばれないんだから。旦那様に信頼されてる証拠だし、すごくすごーく光栄なことだよ」

「けど、超つまんねえぜ？　一日三回飯を運んで、それ以外は部屋で待機って。たまには思いきり身体を動かしてーよ」

マロンがおかしそうにクスッと笑う。

「ティガロちゃんって、ほんと見た目と中身が大違いだよね。そんなに可愛いのに中身は男の子みたいだもん」

「べ、べつに可愛くねーよ」

照れくさくなり、頬が熱くなってしまう。

とはいえ自分ではよくわからないが、客観的には美人なのだろう。そもそもティガロが雇われたのは、その美貌が理由なのだから。

二年前、ティガロは冒険者だった。人間の荷物持ちとして働き、立ち寄ったこの港町で雇い主の目に留まり、給仕として雇われたのだ。

話を聞くに、美食を彩るには美しい娘が欠かせないらしく、給仕は最も美しいメイドに任せているらしい。

しかしそれまで給仕を務めていたメイドが転んで顔を怪我してしまい、代わりを探していたのだとか。

ティガロが給仕以外の時間は部屋で待機するよう告げられているのも、美貌に傷をつけないための措置なのだろう。

ふたりは食器を手に、厨房へ足を運ぶ。

「失礼します」

ふたりで厨房に入ると、中年男性が野菜を洗っているところだった。

毛髪が乏しく、目の下に大きなクマのできた、痩せぎすの男だ。大きな町の町長という裕福な立場でありながら、とても不健康そうな見た目をしている。

ティガロは恭しく言う。

「お皿をお持ちしました、モンストロ様」

「そこに置いておけ。それと……ベルゼ殿は料理について、なにか言っていたか？」

「いえ、なにも」

「そうか……。皿を置いたら下がっていろ」

かしこまりました、と流しに皿を置き、ティガロとマロンは厨房を立ち去ろうとする。

そのとき突然――ゴン！　と鈍い音が響き、ティガロの心臓が跳ね上がった。慌てて振り返ると、マロンの足もとにワインボトルが転がっていた。

なにせ通路の狭い厨房だ。マロンのもふもふとした大きなしっぽが引っかかり、ワインボトルを落としてしまったのだろう。

「なにをしている貴様ッ！」

モンストロが血相を変えてワインボトルを拾い上げた。

「も、申し訳ありませんモンストロ様！」

マロンが顔面蒼白になりつつも頭を下げて謝罪する。そんな彼女の獣耳をモンストロが鷲掴みにした。

「ちょっ、なにして――」

「申し訳ありません！　申し訳ありません！」

「申し訳ないで済むか！　そのワインはな、今夜ベルゼ殿にお出しするものなのだぞ！割れたらどうしてくれる！」

「お、おい！　いいだろ割れなかったんだから！　だいたいワインならいっぱいあるじゃねえか！」

ティガロがワイン棚を指すと、モンストロは獣耳を掴んだまま睨みつけてくる。

「黙れ！　今夜の料理にはそのワインが一番合うのだ！　だいたいなんだ、その口の利き方は！　獣人風情が、誰に口を利いていると思っている！」

「お前だよ！」

「お前だと⁉　私は貴様の雇い主だぞ！」

「雇い主なら暴力振るってもいいってのかよ！」

「いいに決まっているだろう！　お前たち獣人が豊かに暮らせているのは私のおかげなのだからな！　また惨めな暮らしに戻りたくなければ私に従え！　二度と指示以外のことはするな！　私は貴様の立ち入りを許可した覚えはないぞ！」

獣耳を乱暴に引っ張られ、マロンは苦痛に顔を歪めながらも謝罪する。

「も、申し訳ありませんでしたモンストロ様！　二度と厨房には立ち入りません！　で、ですのでどうかお許しを……」

「貴様もだティガロ！　私に許しを乞え！」

「謝らねえよ！」

「貴様、クビにされたいのか⁉」

「ああいいよ！　そもそもこっちから頼んで雇ってもらったわけじゃねえんだ！　クビにでもなんでもしやがれ！」

「この恩知らずがッ！　ならば即刻出ていけ！」

「そうしてやるよ！」

ティガロは厨房を飛び出した。そのまま自室に駆け込み、荷物をまとめていると、申し訳なさそうにマロンがやってくる。

「ご、ごめんね、ティガロちゃん……私のせいで……」

「マロンのせいじゃねえよ。つーか耳、平気か？」

「う、うん。ちょっとヒリヒリするけど……そ、それより、モンストロ様に謝らない？　ティガロちゃん、たったひとりの給仕なんだから……いまならまだ許してもらえるよ」

「謝らねえよ。もう人間の下で働くなんざまっぴらごめんだ」

獣人ならなにをしても言い返してこないと思っているのだろう。王都で働いていた頃も雇い主にお尻を撫でられ、ちょっとでも文句を言おうものなら解雇され、冒険者になれば安い賃金でこき使われ、代わりならいくらでもいると罵られ……ろくな思いはしていない。

獣人が人間の下で働くとなると、差別的な待遇がつきまとう。どこで働いても同じなら、金銭的に稼げる分、この屋敷はまだマシだ――。そう思っていたが、友達に暴力を振るうような男に頭を下げるくらいなら、クビになったほうがいい。

「で、でも、これからどうするの……？」

責任を感じているのか、マロンは不安そうにティガロの今後を案じている。

「そうだな……。もう二年は会ってないが、王都の獣人街にフリーゼってのがいてな。昔、

そいつに大きくなったら冒険者になろうって誘われたんだ。あいつと冒険者にでもなるとするぜ」

「だ、だいじょうぶなの、それ……？　魔法が使えないのに、獣人だけで魔物と戦うって……」

「ま、なんとかなるさ。とにかくわたしはわたしの意思でここを出るんだ。自分のせいでクビになったなんて責任感じなくていいからな」

じゃーな、とマロンが自分を責めないように明るい声で告げて、ティガロは屋敷を出ていった。

《 第二幕　獣人メイド 》

聖霊祭から一週間が過ぎた日の昼下がり、僕たちは買い物から帰ってきた。

エスニック調のカーペットが二枚に、植物が刺繍されたタペストリーが三枚。ベルトが五本に、ワインボトルが四本。鳥かごのインテリアに木彫りのリアルな鳥にカラフルな羽ペンセットなど、ひさしぶりに思う存分収集欲を満たせた。

「手伝ってくれてありがと！　おかげで楽しく買い物できたよ！」

全部ひとりで持つのは無理なので、オルテアさんとフリーゼさんにも手伝ってもらった。本来の予定ではワインを買って帰るだけのはずだったのに、ふたりとも嫌な顔ひとつせず手伝ってくれた。

「いいわよこれくらい。カイトが楽しそうに買い物する姿を見るの好きだもの」

「ワインが見つかって私も満足だっ。さっそく飲みたいが……」

「あら、熟成させるんじゃなかったの？」

「もちろんそのつもりだ。クリエ殿の家で飲んだヴィンテージワインの味が、どうしても忘れられぬのでな」

「むしろワインの味しか覚えてなかったものね」

聖霊祭は日没とともに閉幕だが、ふたりは夜更けまで祭りを楽しみ、クリエさんの家で寝てしまった。

目覚めたときには顔が真っ青。クリエさんたちも含め、すぐにキュアビームで癒やしたけど、みんな記憶が飛んでいた。

ただ、飲み会が楽しかったことと、序盤に口にしたワインの味は覚えていたみたいだ。あの味を忘れることができず、今日は朝からワインを探しに出かけたのだった。

「そんなわけなので我慢だ。とりあえず一週間ほど寝かせるとしよう」

「たった一週間で熟成されるかしら?」

「ワインには詳しくないのでわからぬが、それ以上我慢できる自信がない。オルテア殿はどうなのだ?」

「あたしも早く飲みたいけど……カイトはどう思う?」

「そうだね。一週間も待てば美味しく熟成されるんじゃないかな」

ワインには詳しくないけれど、一週間では熟成はされないだろう。

だけど、ふたりとも早く飲みたがっているのだ。店主さんにも『とても美味しいワインですよ』と勧められたし、僕がこう言えばプラシーボ効果で熟成したように感じるはずだ。

「飲める日が楽しみだっ」

「そうねっ。その日に備えて今度チーズとかも買いに行きましょっ」

「うむっ！　……ところでカイト殿、荷物はどこに置けばいい？」

「僕の部屋までお願い」

　ふたりとともに荷物を部屋に運び、ふぅと一息吐く。

　以前まで住んでいた部屋ならこれだけでいっぱいになっていただろうけど、この部屋はとても広々としている。はしごを登ると屋根裏部屋があり、いままで買った私物はそこにまとめているのだ。

「お疲れ様。屋根裏部屋には僕が運ぶとして……ふたりともカーペット使う？」

「いいの？」

「二枚買ったからね」

「そういうことならいただくわ。ただ、その前に掃除しないとだけど」

「ふたりの部屋、散らかってるの？」

「散らかってるというか、ほこりっぽいのよ。お城が見えるように窓だけは磨いてるけど、それ以外は買ったときのままだもの」

「カイト殿は掃除してるのか？」

「ううん。見ての通りだよ」

日本と違ってクツを脱ぐ習慣はないので気にならなかったが、床にはほこりが溜まっている。窓も砂埃で汚れ、天井の角には蜘蛛の巣が張っていた。

「そうだっ。カイトのクリーンビームならすぐに綺麗になるんじゃない？」

「うーん……それは無理だと思うよ」

クリーンビームは汚れを除去するビームだ。ベッドの臭いや壁の染みは落とせるけど、ほこりは消せない。

ほこりの正体は服なんかから抜け落ちた繊維なので、クリーンビームでほこりが消えるなら繊維ごと——服ごと消えることになる。

だから……

「掃除しよっか？」

これから長く住むことになる家なのだ。綺麗なほうが快適に過ごせるし、たまには掃除しないと家がかわいそうだ。

「もちろん疲れてるなら明日とかでもいいけど——」

「ううん。いい運動になるし、掃除するわ」

「私も構わんぞ。ただ……掃除道具はあるのか？」

「台所に料理道具がそのまま残されてたし、掃除道具もあるかもね」

応接間にソファとテーブルしかないことは確認済みなので、あるとしたら台所だ。家を買うときに案内してもらったし、水を飲むために毎日立ち入ってはいるものの、隅々まで見たわけじゃない。もしかするとそこにあるかも。

ためしに台所を訪れる。部屋の奥には縦長のドアがあり、箒に雑巾、バケツなどが収納されていた。

使い古された掃除道具をそのまま使うのは心理的な抵抗があるので、クリーンビームで綺麗にする。

「あとは掃除するだけだな。いい汗をかけば今日のビールはいつも以上に美味しく感じるはずだっ」

やる気満々なフリーゼさんとは対照的に、オルテアさんは不安そうな顔をする。

「だけど、今日中にこの家を三人で綺麗にできるかしら？」

「ものすごく広いもんね」

日本でも定年後に家を売って賃貸に引っ越すケースがあるけれど、その理由のひとつに『掃除の大変さ』がある。もしかすると以前の持ち主も、それが理由で引っ越したのかもしれない。

「ちなみにフリーゼって掃除得意だったりする？」

「私が掃除できそうな女に見えるか？」

「見えないわね。パジャマも雑にたたむし、むしろ不得意そうだわ」

「……事実だが、そう言われるとへこむな。カイト殿は？」

「得意ではないよ」

　前世では部屋の清掃（せいそう）はお掃除ロボットに任せていたし、箒を手にするのは高校以来だ。

おまけに日本では滅多（めった）に見かけない魔女（まじょ）が乗ってそうな箒だし、使い慣れるのにも時間が
かかってしまいそう。

「これは今日中には終わらぬかもな……」

「そうね。ま、どっちにしろやるしかないけど。メイドなんていないわけだし」

　メイドか……。

「それ、いいかもね」

「いいって？」

「メイドを雇うんだよ」

　僕たちには掃除の心得がないのだ。幸いにも生活費には余裕があるし、だったら得意な

ひとに任せるのがてっとり早い。

「メイドを雇うなら獣人がいいわ。カイトのおかげで配給は始まったけど、仕事がなくて困ってるひとは多いもの」

「カイト殿さえよければ、いっそ住み込みで働いてもらうのもよいかもしれぬな」

「たしかに住み込みのほうがいいかもね」

継続的な収入があったほうが助けになれるし、掃除は一度して終わりってわけじゃないのだ。掃除が得意なメイドさんにいてもらえたら、快適な生活を送ることができる。

そうと決まればさっそく獣人街に行こう。

「あたしたちは掃除をして待ってるわね」

「一緒に来ないの？」

「全部任せるのはかわいそうだし、ちょっとでも負担を減らしたいのよ」

「わかった。そういうことならお願いするよ」

そうしてふたりに掃除を任せ、僕はひとりで獣人街へと向かうのだった。

◆

その日の昼下がり。

ティガロは王都の第三区画にある獣人街に帰ってきた。

実に二年ぶりの帰郷だ。生まれ育った故郷の土を踏んだティガロは懐かしさを感じるが
……

（……なんか違うな）

同時に、違和感を抱いていた。

彼女の知る獣人街は、どこに行こうと路地裏のような陰湿さがあった。経済的に苦しく、その日食べるものにも困り、先行きの見えない生活に不安を抱き、子どもから年寄りまで陰気な雰囲気を漂わせ、晴れているのに日陰にいるような気分にさせられる――。それがティガロの知る獣人街だ。

しかし……

「あっちまで競争しよーよ！」

「うん、いいよ！　よーい、どん！」

「こらこら、走ると危ないぞ」

「こんにちは、おじーちゃん！」

「はいこんにちは。今日もいい天気だねぇ」

路地には賑やかな声が響き、子どもから年寄りまでもが明るいオーラを放っていた。

たしかにフリーゼのような心が強い獣人は、絶望感に屈せずに明るく振る舞っていたが、こんなに多くの獣人が元気に過ごす姿を見るのははじめてだ。

なぜなら獣人はいつもお腹を空かせているから。明るく振る舞おうにも、空腹で気力が湧いてこないのだ。

（いったいどうなってんだ？　空から飯でも降ってきたってのか？）

そんなわけないことは百も承知だが、ほかに獣人街が活気に満ち満ちている理由が思いつかない。

「ん？　おおっ、やっぱりそうだ！　ティガロちゃんじゃないか！」

ティガロが戸惑っていると、男性が親しげに話しかけてきた。実家の隣室に住んでいたおじさんだ。例に漏れず、彼もまた生き生きとした顔をしている。

「どーも、ひさしぶりです」

「本当にひさしぶりだなぁっ。今日は休みをもらったのかい？」

ティガロは一瞬言葉に詰まる。モンストロにスカウトされた際、ティガロは家族に報告するため一度獣人街に戻った。その際に家族や隣人から『安全に稼げる仕事が見つかってよかった！』と祝福されたため、『売り言葉に買い言葉で解雇された』とは言いづらい。

「いや、その……いろいろあって、仕事辞めたんですよ」

それより、と深く追及される前に、ティガロは話題を変えることにした。ちょうどいいので獣人街が活気に満ちている理由をたずねることにしたが、『いつも暗い雰囲気なのにどうして明るくなっているのか』とストレートに疑問をぶつけるのは失礼だろう。

ティガロは少し考えて、

「それより……最近、なにか変わったことってないですか？」

「そりゃもうあるよ！」

おじさんはすぐさま食いつき、興奮気味に続ける。

「先月、王都がA級魔物に襲撃されただろう？」

「A級魔物に⁉」

「ん？　そっちでは話題になってなかったのかい？」

「初耳ですけど……」

一国の王が住まう都市がA級魔物に襲撃されたのだ。国内どころか隣国にも知れ渡っているに違いない。港町でも話題になっただろう。

しかしティガロはずっと屋敷にいたのだ。モンストロは町長なのでさすがに知っていたはずだが、世間話をするような仲ではないのだ。わざわざ獣人に教えたりはしない。

「でも……A級に襲われたにしては、そんな感じには見えませんね」

　荷物持ちとして冒険者に同行した際、D級魔物をこの目で見た。あれですら死を感じるほどの怖ろしさだったのだ。A級魔物は想像を絶する強さのはず。

　だが、そんな魔物に襲われたにしては町並みに変わりはない。船着き場から獣人街までしか見ていないが、どこも平和そのものだった。

「カイト様のおかげさ！」

　おじさんが大声を出したとたん、子どもたちが集まってきた。どこで手に入れたのか、子どもたちは綺麗な服に身を包み、サイズのぴったりなクツを履いている。

「カイト様の話ししてるのっ？」

「私も聞きたーい！」

「ねえねえっ、カイト様はいまどこでなにしてるのっ？」

　カイト様とやらはよほど慕われているらしい。子どもたちに話をねだられ、おじさんは困り顔をする。

「いや、みんなが知ってる以上のことは知らないよ。ただ、ティガロちゃんがカイト様のことを知らなくてね。教えてるところなんだ」

「お姉ちゃん、カイト様のこと知らないの……？」

ティガロは子どもに不思議そうな目を向けられる。知ってて当然の知識のようだ。

「姉ちゃん、最近まで遠くに住んでてさ。そのカイト様ってのが、みんなを助けてくれたのか？」

「そーだよっ！　お空にどかーんって！」

「でね、お空からキラキラーって！」

「どかーんに、キラキラ……」

身振り手振りを交えてくれたが、なにが起きたのかさっぱりだ。理解できずにいると、おじさんが補足説明をしてくれた。

「つまりカイト様が魔物を倒して、傷ついたひとたちを魔法で癒やしてくれたのさ」

「魔法ね……」

Ａ級魔物を倒した時点でわかってはいたが、魔法で癒やしたということは、カイト様の正体は人間だ。

だとすると、カイトは獣人街を救おうとしたわけではない。王都を守ったそのついでに、獣人街も救われただけである。

（まあ、みんなを守ってくれたことは感謝するが……）

人間に感謝しなければならないなんて、複雑な気分だ。

「でねでね、カイト様がご飯くれたの！」

「こーんなにたくさんあったよ！」

子どもたちに満面の笑みで報告され、ティガロはほうけてしまう。

「飯を……くれた？」

「配給制度さ！　カイト様が剣聖になって、国王様にかけあってくださったんだ！　腹を空かせた我々獣人のために、定期的に食料を配ってやれないかって！」

「獣人のために……？」

たしかにそれなら獣人街が活気づいていることにも説明がつく。剣聖が頼みでもしない限りは獣人への配給制度など導入されないし、カイトのおかげで配給制度が始まったのは事実だろう。

わからないのは、カイトの目的だ。

人間が獣人をただで助けるとは思えない。配給制度の見返りに、なにを求めるつもりか……想像もつかないが、なにか裏があるはずだ。

思考を働かせていると、突然通りの向こうから歓声が響いた。カイト様ー、という声が聞こえた瞬間、子どもたちがパッと笑顔になり、

「カイト様が来たんだっ！」

「ご挨拶しなきゃ！」

その場の全員が通りのほうへ駆けていき、ティガロはそれを追いかける。狭い通りには人集りができており、ひとりの人間が獣人たちに囲まれていた。

剣聖と聞いていたので屈強な外見をイメージしていたが、優男風の青年だった。

あまり見かけない黒髪で、白いシャツに黒いロングコートを羽織り、襟元で銀バッジが輝いている。

獣人たちに囲まれながらも嫌な顔ひとつせず、彼はにこやかに挨拶を返していた。

（あれが、カイト……）

ぱっと見は好青年だが、だからこそ不自然だ。

年若く、爽やかな外見で、剣聖という地位につき、王都を救ったという英雄譚を持っている――。そんな容姿と地位と名誉と力を兼ね備えた人間が、わざわざ獣人に優しくするメリットはない。

なんらかの目的を叶えるために、獣人を手懐けようとしているのかも……。

と、視線を感じたのか、カイトと目が合った。彼は目を逸らさずに、ティガロの頭部をじっと見つめている。

（な、なんだ？　なに見てるんだ？　まさか怪しんでるのが見透かされちまったのか？）

わからないが、目立つ行動は避けたほうがよさそうだ。ティガロは怪しく見えないよう誰かに押されたふりをしつつ、おじさんのうしろに隠れた。

「カイト様！　今日はどんな用事で来られたのですか？」

おじさんが言った。

「実を言うと、住み込みで働いてくれるメイドを探してまして」

「おおっ！　そういうことでしたら、ティガロちゃんはどうでしょう！　最近までメイドだったんですよ！」

（わ、わたしの名前を出すなよーっ！）

このまま隠れていると逆に怪しいので、ティガロは緊張しつつ姿を見せた。

「わたしがティガロだ」

「こんにちは、ティガロさん。最近までメイドだったって本当ですか？」

「な、なんで敬語だよ」

人間に敬語で話しかけられたのははじめてだ。あまりに違和感がありすぎて思わず口に出してしまった。

「初対面ですから。敬語が気になるようなら切り替えますが……」

「そうしてくれ」

「そうするね。それで、ティガロさんはメイドだったの？」

「先週までな」

「だったら、ティガロさんさえよければうちで働いてくれないかな？」

　その場にいた人々が「そうさせてもらいなよっ！」と勧めてくる。

　先日もう二度と人間の下では働かないと決意したばかりだ。これからフリーゼを探して冒険者になろうと考えていた。

　だが、カイトはなにか企んでいる。それに気づいているのは、この場ではティガロだけ。ほかのみんなは、すっかりカイトの虜になっている。

　カイトの計画を知るためにも、近くで監視したほうがいい。

「いいぜ。メイドになってやる」

「ありがとっ。ほんと助かるよ！　歩くと時間かかるから家まで飛んでいきたいんだけど……ティガロさんのこと、抱きかかえてもいいかな？」

　人間の、しかも男に身体を触られるのは抵抗があるが……潜入捜査のためにも彼の気に障るような言動は避けたほうがいいだろう。

　ティガロがうなずくと、お姫様のようにだっこされた。

　いまさらながら多くの人々に見られていることに気づき、急に恥ずかしくなってきた。

じわじわと顔が熱を帯びていく。

「じゃあね、みんな」

カイトはにこやかにそう言うと、そのまま上昇していき――あっという間に人々が豆粒ほどのサイズになった。

「け、けっこう高くまで飛ぶんだな」

「これくらい高く飛んだほうが家を見つけやすいからね。念のため僕の首にしがみついたほうが安全だけど……」

「へ、平気だ、これくらいの高さ」

男の首にしがみつくのは恥ずかしいのでそう強がってみたが、ほんとは平気じゃない。怖すぎる。話でもして気を紛らわせないと泣いてしまいそうだ。人間の前で泣くなんて、そんな屈辱耐えられない。

「そ、そういや給料の話を聞いてなかったな」

「そういえばそうだね。希望があれば聞くけど……」

「……金貨五枚でどうだ？」

もちろん、金銭感覚がおかしくなったわけではない。カイトの人間性を確かめるため、あえてふっかけてみたのだ。

前職は家賃と食費が免除で、月々金貨二枚だった。それでも好待遇だ。金貨五枚と聞き、カイトは『獣人のくせに欲張りすぎだ！　落とすぞ！』と本性を見せるに違いない――

「うん。いいよ」

まさかの二つ返事に、ティガロは面食らう。

「い、いいのか？　月に金貨五枚だぞ？」

「うん。それでいいよ」

「……家賃と食費はいくらだ？」

高額な家賃と食費を要求し、帳尻を合わせるつもりかも。そう思ったが……

「そんなの払わなくていいよ」

「え？　じゃ、じゃあマジで金貨五枚ってことか？」

うん、とカイトは笑みを絶やさない。

（そ、そんなの話がうますぎるだろ……）

ただ前職がメイドだったというだけの獣人を、そんな好待遇で迎えるなんてありえない。

ぜったいになにか裏があるはずだ。

ティガロは疑念を抱いたまま、空の旅を続けるのだった。

◆

　ティガロさんをだっこしたまま、僕は家の前に着地した。

　平気とは言いつつも空を飛ぶのが怖かったようで、地面に足をつけるなり、彼女は安心したようにため息を吐く。

「ここが我が家だよ」

「そうか。ここが……」

　ティガロさんは二階建て物件を見上げ、獣耳を水平にぺたんと伏せた。

　昔、路上で鉢合わせた野良猫がこういう耳をしていたような記憶がある。あの猫と同じように、ティガロさんも僕を警戒しているのかも。

　だとすると、獣耳欲を満たせるのは当分先になりそうだ。ティガロさんを一目見たときから疼いていた欲求を静めるため、僕はどうにか獣耳から目を離していく。

　肩まで伸びたオレンジ色の髪……つり目がちの大きな瞳……クラシカルなメイド服……腰元の穴から伸びた縦縞のしっぽ……

「……なあ」

　ティガロさんに声をかけられ、視線が上へ戻ってしまい――頭の上の虎みたいな獣耳が目についた瞬間、猛烈に撫でたい気持ちに駆られてしまう。

だけどティガロさんは一七歳か、せいぜい一八歳だ。一〇歳以上歳上の男にいきなり『耳を撫でていい？』と言われたら、怖がってしまうだろう。

ティガロさんに獣耳を撫でさせてと頼むのは、彼女と仲良くなってからだ。

「でかい家だが、カイト以外に誰か住んでるのか？」

と、ティガロさんが不安そうにたずねてきた。

獣人街では迷わずメイドになってくれたが、それは僕を受け入れてくれたからではなく、ただ単に仕事が欲しかったから。男とふたり暮らしなのは抵抗があって当然だ。

「獣人の女の子がふたりいるよ」

「そっか。わたし以外にも獣人がいるんだな」

同性の獣人がいるとわかって安心したのか、ティガロさんの強ばっていた顔が緩んだ。

「ふたりとも明るくて優しいし、ティガロさんと歳も近いから、すぐに仲良くなれるよ。さっそく紹介するね」

彼女と屋内に入ると、オルテアさんがエントランスを掃いているところだった。ずっと頑張ってくれていたのか、ずいぶん綺麗になっている。

「あら、早かったわね」

「すぐに見つかったからね。彼女がそうだよ」

目配せすると、ティガロさんはオルテアさんに笑みを向けた。どうやら奥手な性格ではないようだ。この様子ならオルテアさんとフリーゼさんとはすぐに打ち解けられるはず。

「ティガロだ。わたしのほうが二個くらい年上だと思うが、ため口でいいからな。気軽に話しかけてくれると嬉しいぜ」

「よろしくティガロ。あたしはオルテアよ。ねえ、ティガロは元メイドだったりするの？それとも、その格好はただの趣味？」

「前者だ。こないだ仕事辞めて、獣人街に帰ってきたんだ。メイド服が気に入ってるわけじゃねえが、すげえ着心地いいからこの格好で過ごしてんだよ」

「そういうことね。ところで『獣人街に帰ってきた』ってことは、獣人街出身なの？」

「そうだが」

「てことはフリーゼの知り合いだったりする？」

「フリーゼがいるのか⁉」

大きな目を見開き、ティガロさんが戸惑う。その食いつきっぷりにオルテアさんは少々たじろぎつつもうなずいた。

「い、いるけど……知り合いなの？」

「知り合いだが……たぶん名前が同じだけで別人だと思うぜ。わたしの知るフリーゼは、冒険者になるって意気込んでたしな」

「うちのフリーゼも冒険者だったんだけど……」

「え？　じゃあマジであのフリーゼがここに……？」

「そのフリーゼさんかどうかは、実際に会えばわかることだよ」

　オルテアさんに居場所を聞き、この場の全員で二階へ向かう。そして、ふたりの寝室のドアを開けると、フリーゼさんは天井の蜘蛛の巣を箒で払っているところだった。顔だけこちらへ向け、ティガロさんを見るなり目を見開き――

「お、おおっ！　ティガ姉！　ティガ姉ではないかっ！」

　満面の笑みになり、こちらへ駆け寄ってくる。

「そうかっ、ティガ姉が住み込みで働いてくれるのだなっ！　メイド服で来るなんてやる気満々ではないかっ！」

「いやこれは前職のメイド服であって、やる気の表れってわけじゃ……てかフリーゼこそメイド服はどうした？」

「む？　なぜ私がメイド服を着なければならないのだ？」

「なぜもなにも、フリーゼはメイドだろ？」

「私はメイドではないが……」

「メイドじゃない？　ならここでなにしてんだ？」

「ふたりは僕の冒険者仲間で、友達なんだよ。Ｂ級以上の冒険者はパーティを組まないといけないから、ふたりに同伴してもらってるんだ」

「なるほどね。それでオルテアもメイド服じゃなかったわけか。……にしても、友達ね」

ティガロさんは困惑気味だ。人間と獣人が仲良く同居しているのが信じがたいのだろう。

魔法が使えないのを理由に足もとを見られ、安くこき使われる獣人も多いと聞く。実際、かつてのフリーゼさんはそれが理由で、初対面の僕に『もう二度と人間とは組まない』と告げてきた。

そんなフリーゼさんとも友達になることができたのだ。前職を辞めた理由によっては、ティガロさんも人間を毛嫌いしているかもしれないが、いつの日か仲良くなれるはず。

彼女が働きやすい環境を作り、毎日を快適に過ごしてもらえば、少しは僕のことを信用してくれるはずだ。

「ねえ、さっき『ティガ姉』って呼んでたけど……ふたりは姉妹なの？」

オルテアさんが、なんだか不安そうにたずねた。フリーゼさんは首を横に振り、

「いつだったか話しただろう？　私は獣人街のひとたちに命を救われたと」

「もちろん覚えてるわ」

僕も覚えている。はじめて獣人街を訪れた日、フリーゼさんは生い立ちを語ってくれた。冒険者の荷物持ちだった両親が物心つく前に亡くなり、そんなフリーゼさんを獣人街のひとたちが親身になって育ててくれたと。

「みんな私を可愛がってくれたが、引き取り手になってくれたのはティガ姉の両親なのだ。ふたつ年下の私を、ティガ姉は妹のように可愛がってくれた。自分もお腹を空かせているはずなのに、私に多めに食べ物をくれたりな」

「そっか。ティガロさん、優しいんだね」

「べ、べつに普通だ。腹空かせてる年下を放っておけねえだろ」

ティガロさんは照れくさそうにそっぽを向いた。

「ティガ姉がメイドとして旅立ったときは寂しかったが、こんな形でまた一緒に暮らせる日が来るとはなっ！　ティガ姉を見つけてくれてありがとうカイト殿！」

「どういたしまして。——さてと、積もる話もあるだろうし、ふたりにはこのまま部屋を掃除してもらおうかな」

「うむっ！　ティガ姉よ、二年間鍛えに鍛えた掃除の技術を遺憾なく発揮してくれ！」

フリーゼさんに期待の眼差しを向けられ、ティガロさんは気まずそうだ。ちら、と僕を見て、おずおずと言う。

「……わたし、掃除は苦手なんだが」

「苦手？　ティガ姉はメイドだったのでは？」

「前の職場では細かく役割分担されてたんだよ。わたしは給仕係だったんだ。箒は一度も握ってねえ」

「ふむ。では私が手ほどきするとしよう！」

「手ほどきはありがてえが、掃除係が欲しかったなら、わたしはクビになるんじゃ……」

「そんなことしないよ。雇った理由は掃除のためだけど、そもそもティガロさんひとりに掃除を押しつけるつもりはなかったしさ。人手が増えただけでも助かるよ」

「カイト殿の言う通りだ。人手が増えたので掃除もすぐに終わるだろう！」

　ティガロさんとの再会が本当に嬉しいのだろう。フリーゼさんはいつにも増して元気だ。そんなフリーゼさんとは対照的に、オルテアさんは元気がないように見える。

　メイドさんを綺麗な玄関で迎え入れたかったのだろう。一生懸命にエントランスを掃除してくれてたし、そのせいで疲れてしまったのかも。

　休憩を勧めても彼女の性格的に働きたがるだろうし、頑張りすぎないように僕が近くで見てないと。

「僕たちはエントランスに行こうか」

オルテアさんを誘い、僕たちは部屋をあとにした。雑巾を手に取ると、エントランスを拭いていく。

黙々と掃除をしていると、オルテアさんがぽつりと漏らした。

「……フリーゼ、嬉しそうだったわね」

「二年ぶりに家族と会えたんだからね。おかげでティガロさんも楽しく過ごしてくれそうだよ」

「そうよね。家族と一緒に暮らせるんだから、楽しいに決まってるわよね……」

うつむきがちにそう語るオルテアさんは、なんだか暗い顔をしている。……どうしたんだろ？

「悩みがあるなら相談に乗るよ」

「……フリーゼには言わないって約束してくれる？」

「約束するよ。だから、不安があるなら僕に打ち明けて。話せば少しは楽になるし、僕にできることなら喜んで協力するから」

ありがとう……、とオルテアさんはうっすらほほ笑み、悩みを打ち明けてくれた。

「フリーゼがあたしを放っておいて、ティガロとばかり話すんじゃないかって心配なの」

なるほど。だからふたりの関係性を聞いたとき、不安そうにしてたんだ。

友達がべつの友達とばかり仲良くして、自分は蚊帳の外になるかも――。そんな心配をするのは、フリーゼさんのことが大好きな証拠だ。本人が聞けば喜ぶに違いないけど……面と向かって『あたしとも仲良くしてよね』って言うのは照れくさいもんね。

「心配しなくても、ふたりの関係は変わらないよ」

「……ほんと？」

「本当だよ。フリーゼさんはオルテアさんのことが大好きなんだから。たとえばオルテアさんがフリーゼさんと同じ立場だったらどうする？」

「もちろんこれまで通りに接するわ。大事な友達なんだから。……フリーゼも、そうしてくれる？」

そうしてくれるよ、とうなずいてみせると、オルテアさんは顔に笑みを広げていった。

悩みが晴れ、身体も軽くなったのか、掃除をする手に力が入り、あっという間に綺麗になる。そして二階の部屋に戻ると、フリーゼさんが笑顔を向けてきた。

「おおっ、オルテア殿！　ちょうどいいところに来たな！　ティガ姉のために蜘蛛を追い払うのを手伝ってくれっ！」

「蜘蛛を？」

「ティガ姉は昔から蜘蛛が苦手でな。私が『蜘蛛の巣を払ったときに蜘蛛がベッドの下に逃げた』と伝えたら、あそこに逃げてしまったのだ。おかげで掃除も遅々として進まん」

「お、お前が『こんなにでかい蜘蛛だったぞ』とか怖がらせるからだろっ！」

壁際で抗議するティガロさんに、オルテアさんがおかしそうにクスッと笑う。

「蜘蛛が苦手なんて可愛いじゃない」

「べ、べつに可愛くねーよ」

顔を赤らめるティガロさんを見て、オルテアさんはますますおかしそうに笑う。悩みも晴れたようだし、こうしてからかえるくらいなら、ティガロさんともすぐに仲良くなれるだろう。

この部屋の掃除は三人に任せ、僕は自室を綺麗にすることに決め、隣の部屋から「こ、こっちに来た！　こっちに来た！」「蜘蛛に懐かれたのね」「ティガ姉は昔からモテモテだったものなぁ」「モテて嬉しかった試しがねえよっ！」なんて賑やかな声が響くなか、せっせとほこりを掃いていき――


空が夕焼け色に染まる頃。

すべての部屋の掃除を終えた僕たちは、応接間に集合していた。いまはソファに腰かけ、全員に水を出し、一息吐いているところだ。

「いい汗かいたわね」

「わたしは嫌な汗しかかいてねえ……お前らの部屋、蜘蛛多過ぎだろ」

「一度も掃除してなかったのでな。蜘蛛にとっては楽園のような環境だったのだろう」

「全部追い払ったたし、部屋も綺麗になったし、もう蜘蛛は出ないわよ」

「だね。みんなが掃除を頑張ってくれたおかげで家中綺麗になったよ。そのお礼ってわけじゃないけど、お腹も空いただろうし、今日は好きなだけ食べていいからね」

　僕の言葉に、フリーゼさんたちは顔を明るくする。

「ではさっそく食べに行こう！」

「そうねっ。あたしもうお腹ぺこぺこだもの。ティガロもよね？」

「なんでわかるんだ？」

　不思議そうなティガロさんに、オルテアさんはからかうように目を細めた。

「掃除中、お腹ぐーぐー鳴らしてたじゃない」

「そ、そんなに鳴らしてねえよっ。……まあ腹は減ってるけど」

「じゃあもう行こうか」

　すっかり打ち解けた三人を連れて、僕は家をあとにした。そのまま近所にある馴染みの大衆食堂を訪れる。

焼き鳥屋のような香ばしい匂いが漂う店内には、仕事終わりの一杯を楽しむひとたちの賑やかな声が響いていた。

僕とオルテアさんが隣り合って座り、その向かいにフリーゼさんとティガロさんが腰を下ろす。

「とりあえず、串焼き肉とビールでいいかな？」

「そうね。それがいいわっ」

「今日のビールは格別な味がするのだろうな……」

フリーゼさんはかすれ声で言った。

オルテアさんとティガロさんは水を飲んでたけど、フリーゼさんはビールのために我慢していたのだ。

「渇いた喉にビールが染み渡り、想像を絶する味わいが訪れるに違いない……！」

「ハマりすぎだろ……。ビールってそんなに美味いのか？」

「飲んでみればわかるわよ」

「口に合わないようなら残りは私が飲むのでな……！」

みんなが楽しげに話している間にも注文を済ませ、間もなくしてビールが運ばれてきた。

掃除お疲れ様ー、と軽くジョッキをぶつけ、ビールをぐいっと飲む。

　苦みは薄く、すっきりとしたのどごしだ。フルーティな香りが余韻として残る。最初はぬるいビールに違和感があったけれど、前世では忘年会や新年会くらいでしかお酒を嗜まなかった。日本産より異世界産のビールのほうが飲んだ量は多いし、もうビールと言えばぬるいイメージになっている。

「ぷはーっ！　生き返るぅ～！」

「働いたあとのビールはほんっと格別ね！　ティガロはどう？　気に入った？」

「んむ……はじめて飲むが、不味くはねえな。ただ、ちょっと苦い……」

「この苦さが癖になるのよっ。ティガロもすぐに気に入るわ！」

「それにビール単品でも美味しいが――おお、来た来た！　これと組み合わせれば最強になるのだ！」

　串焼き肉が運ばれ、フリーゼさんは豪快にかじりつく。ぽたぽたと肉汁を滴らせながら頬張り、ビールでぐいっと流し込んだ。

「くぅ～っ、美味いっ！　塩気で渇いた喉にビールが効くぅ～！」

「お前……しばらく見ないうちにおっさん臭くなったな」

「そこは大人になったと言ってほしいが……」

「ティガロも組み合わせ試したら？　ぜったいハマるわよっ」

「食うけどよ。……うん、塩辛いけど美味いな」

控えめに串焼き肉にかじりつき、表情を緩ませるティガロさん。

「お金のことは気にしなくていいから、好きなだけ飲み食いしてね」

「そうさせてもらうのだっ！」

「ありがとねカイトっ。お礼に好きなだけ耳を撫でていいからっ」

「耳を⁉」

ティガロさんが串焼き肉を落とした。うろたえる彼女に、オルテアさんは得意げに言う。

「カイトはね、あたしの耳が大好きなの。綺麗な耳だって褒めてくれたのよっ」

「私の耳もな。この耳を可愛いと褒めてくれたのだっ」

「本当に素敵な耳だからね」

僕が褒めると、ふたりは上機嫌そうにはにかんだ。

この流れでティガロさんの獣耳も褒めたいが、獣人にとって耳を褒めるのは愛の告白のようなもので、プロポーズと同じような意味を持つと聞いている。

僕たちは夫婦じゃないし、純粋な褒め言葉として使っていることは理解してくれているだろうけど、ティガロさんは戸惑ってるんだ。もうちょっと仲良くなるまでは褒めるのを我慢したほうがいいかも。

　さておき。

「ここで撫でていいのっ？」

　獣耳欲が疼いてしまった。

　ふたりに明るくうなずかれ、となりに座るオルテアさんの耳を撫でると、テーブルから身を乗り出してフリーゼさんの獣耳も撫でさせてもらう――。そんな光景を間近で見て、ティガロさんは顔を赤らめてしまうのだった。

◆

　ティガロたちが大衆食堂を出る頃には、すっかり夜の帳が下りていた。

　とはいえ、この辺りには飲み屋が多いようだ。通り道は酔っ払いで賑わいを見せており、大通りから道を逸れ、住宅街に入る頃になっても、賑々しい声が響いていた。

　なぜなら――

「ティガ姉、ほんとにほんとにおかえりー！」

「来てくれてありがとーって感じよね！」

「お祝いにワインを開けたい気分だ！　祝杯だ！」

「わーっ、それ名案ねっ！　開けちゃいましょっ！」

「今日はとことん飲むぞー！」

「おーっ！」

　フリーゼとオルテアがはしゃいでいるから。ふたりともべろべろに酔っ払い、足取りはめちゃくちゃだ。カイトが肩を貸さなければ、すぐさま転んでしまいそう。

「な、なあ、こいつらって毎回飲むとこうなるのか？」

「毎回……ってわけじゃないかな。いつもは自力で帰れるから。ティガロさんと暮らせるのが嬉しくて、つい飲み過ぎちゃったんだと思うよ」

「そ、そっか……」

　そう言われると嬉しくなる。いつもこんなに酔っているなら心配だし、小言を言いたくなるが、毎回というわけではないなら注意しなくてもよさそうだ。

　しかし……

「こいつら、カイトに迷惑かけてないか？」

　毎回べろべろではないにせよ、酔っ払っているのは事実らしい。ティガロがこれまでに接してきた人間なら、殴って酔いを覚まそうとしただろう。

「迷惑どころか楽しいよ」

なのにカイトはにこやかだ。嫌な顔ひとつしていない。屈託のない笑みを見ていると、出会ってまだ半日なのに信用しそうになってしまう。

ふたりがカイトに獣耳を撫でさせたのも、彼に心を許している証拠――それだけ大切に扱われてきた証拠である。毎日大事に扱われたら、信頼するに決まっている。

（で、でも裏があるはずだ）

フリーゼが慕う男を疑うのは気が引けるが……なにか目的があって優しくしているはず。それを確かめるためにも、カイトの監視を続けなければ。

そんなことを考えながらも歩みを進めていき、ティガロたちは家に帰りついた。

「綺麗な家は気持ちいいなぁー！」

「ねえカイト、ワイン飲みたーい！」

「はいはい。ワイン持ってくるから、ふたりはベッドで待っててね。ティガロさんお願いできる？」

「任せとけ」

ティガロはふたりに肩を貸し、二階の部屋へ連れていく。

「ワイン楽しみなのだー！」

「早く飲みたーい！」

はしゃぎながらも、ふたりはカイトに言われた通りベッドに潜り込んだ。最初はご機嫌そうに頬をゆるゆるにさせていたふたりだが……次第にまぶたを重くしていき、ついには寝息を立て始めた。

（寝ちまった……）

ふたりの幸せそうな寝顔を眺めていると、カイトが部屋にやってきた。

「ふたりとも寝た？」

「ああ、いましがたな。……ワインは？」

「ふたりを寝かせる方便だよ。飲み過ぎは身体に毒だからね」

「扱いに慣れてるな……」

「友達だからね」

昼間もそうだったが、友達と口にするときのカイトは、とても嬉しそうな顔をしている。

これだけのハイスペックな男なら友達は選び放題だろうに、なぜわざわざ獣人と仲良くするのだろう。

（獣耳と関係あるのか？）

大衆食堂でカイトはふたりの獣耳を撫でていた。その際に、カイトは演技とは思えないほど幸せそうな表情を浮かべていた。

そんなに獣耳が好きということは、獣人が好きということだ。となると、獣人に優しくしているのは、欲を満たすためなのかもしれない。

性的な欲求を。

（ま、まさかカイトは夜な夜な……え、えっちなことをしてるんじゃ⁉）

フリーゼとオルテアは、カイトと肉体関係を持っているとは一言も口にはしなかった。

考えられる理由はふたつ。恥ずかしいから話題に出さなかったか、そもそも自覚がないか。

前者なら個人の自由だが、後者だとすると大問題だ。カイトはふたりを記憶が残らないように酩酊させ、無理やり襲っていることになるから。

それなら獣人に優しくしていることにも、掃除の心得がないティガロを解雇しなかったことにも説明がつく。

獣人街はカイトにとって餌場のようなものだ。ふたりに飽き、掃除にかこつけて新たな獣人娘を探しに行き、ティガロに目をつけたのだろう。

つまり――

（今夜の標的はわたしってことか⁉）

あまり掃除の役に立てなかったティガロに酒を振る舞ったのもそれが理由。

カイトの誤算は、ティガロが酔っ払っていないことだ。意識がはっきりしている相手を襲えば告発され、剣聖の名に傷がつき、評判が落ちてしまう——。

剣聖としての評判を保つため、今夜ティガロが襲われることはないだろうが……しかし、フリーゼとオルテアは襲われてしまうかもしれない。

(ふたりを守らないとだが、証拠も掴まないとだし……)

まだティガロの憶測に過ぎないのだ。現場を押さえ、決定的な証拠を掴まないことには、カイトの化けの皮を剥ぐことはできない。だったら……

「う、ううーん」

ティガロは、カイトの肩にもたれかかった。

「ど、どうしたのティガロさん?」

「きゅ、急に酔いが回ってきて……」

酔ったふり作戦だ。酩酊しているふりをすれば、油断して手を出そうとするはずだ。

「う、うぅー……くらくらするぜ……もう眠いぜ……」

「待っててね」

カイトにひょいと担がれ、思わず声が出そうになった。

男にだっこされるのを恥ずかしく思いつつも、しかし感情を表に出せば意識がはっきりしていることがバレてしまう。

　どうか顔が赤くなっていませんように――と祈っていると、ティガロはカイトの部屋へ連れ込まれた。

　そっとベッドに寝かしつけられ、ふんわりとした毛布がかけられる。

（さ、さあ、いつでもかかってこい！）

　ぎゅっと目を瞑り、カイトの手が身体に触れるのを待つが、一向に感触がやってこない。心臓の鼓動に交じり、なにやら物音が聞こえ……

　ゆっくり目を開くと、カイトは姿を消していた。見れば、天井からはしごが伸びており、そこから――ぽすっ、とマットレスが降ってきた。

　カイトが下りてきたので慌てて目を瞑る。

　ごそごそとマットレスを敷く音が聞こえ、まぶたの向こうが急に暗くなり……間もなくして、寝息が聞こえてきた。

「……」

　音を立てないように身を起こし、月明かりが差し込むなか床を見てみると……カイトはマットレスの上で寝ていた。

　寝たふりかもしれないのでこちらも寝ている演技をしてみたが……待てど暮らせど彼が

目覚めることはなかった。

　本当に寝てしまっている。

（な、なんでだ？　酔ったふりを見抜かれたのか？　それとも……えっちなことをしてるってのは、わたしの勘違いなのか？）

　だとすると、カイトが獣人に優しくしている理由から考えなおしになってしまう。彼の目的が気になるが……それを考えるのは明日からだ。

　そろそろ本格的に眠くなってきたので、今日のところは寝ることにしたのだった。

◆

　ティガロさんとの同居生活が始まり、一週間が過ぎた。

　その日の昼過ぎ――。依頼をこなした僕たちはギルドで報酬を受け取ると、快晴の空の下に出る。

「ティガ姉、いまごろ寂しがっているだろうな」

「けっきょく泊まり込みになったものね」

　昨日の朝、僕たち三人はワイバーン討伐の依頼を受け、遠方の岩山を訪れた。なかなか発見には至らず、日が暮れてしまったので最寄りの町に泊まり、今朝討伐に成功したのだ。

　ここ最近は日帰りできていたけれど、ティガロさんを雇って初となる一泊二日の仕事になった。一応泊まりになる可能性も伝えてはいるけれど、いまごろ心配しているはずだ。

　いつもは寄り道も検討するけれど、買い物はティガロさんを誘ってからすることに決め、僕たちはまっすぐ帰路につくことに。

　閑静な住宅地に差しかかったところで、オルテアさんが思い出したように言う。

「そうだ。ねえカイト、うちにチーズってある？」

「チーズ？　買った記憶はないけど……どうして？」

「ワインとチーズの組み合わせを楽しみたくて……。あとほら、ティガロの歓迎会をまだ開いてなかったし。歓迎会を盛り上げるためにも、美味しいチーズがあったほうがいいと思うの」

「それは名案だな！　一週間寝かせたワイン、美味しく熟成されたに違いない……！」

「ティガロもぜったいに喜んでくれるわっ！　そのためにはチーズが欠かせないのよ！」

　オルテアさんはチーズをつまみにワインを楽しみたい様子。クリエさんの家で美味しい美味しいってむしゃむしゃ食べてたもんね。それに歓迎会が催されたら、ティガロさんも喜ぶだろう。これを断る理由はない。

ただ、ふたりの盛り上がりに水を差したくはないけど……

「その歓迎会、僕がいていいのかな？」

どのワインを開けようかと話していたふたりは、僕の言葉にきょとんとする。

「どういう意味だ？」

「カイトがいちゃいけない理由がないんだけど……」

ふたりとも思い当たる節がないようだ。僕の勘違いだといいんだけど……

「僕、ティガロさんに警戒されてるみたいなんだ」

ふたりと話すときは自然な笑顔を浮かべているのに、僕と接するときは顔を強ばらせている。話していても目を合わせてくれないし、視線を感じて振り向くと、すぐに目を逸らされてしまう。

警戒されている――は言い過ぎかもしれないが、苦手意識を持たれているのは確かだ。僕がいないほうが、ティガロさんも歓迎会を楽しめるはず。

もちろん本人に気を遣わせないように、不参加の理由を考えないといけないけれど。「考えすぎよ。カイトはティガロに優しくしてるじゃない。そんなひとを嫌いになるわけないわ。フリーゼもそう思うわよね？」

「嫌われてはいないだろうが、苦手には思われているかもしれぬな。ティガ姉はとにかく男が苦手だから」

「昔男となにかあったの？」

「むしろその逆だ。男と接しなさすぎて苦手になってしまったのだ。可愛いのでよく男に言い寄られていたが、デートより私の世話を優先してくれていたのでな」

「つまり恥ずかしがり屋ってわけね」

「そういうことだ」

しかしまあ、とフリーゼさんは僕を安心させるように続ける。

「近所のおじさんとは普通に話せていたし、男が苦手なのも昔の話――ティガ姉も子どもではないのだ。ふたりきりで過ごせば、カイト殿にも慣れるだろう」

ショック療法みたいなものだ。無理やり慣れさせるのは気が引けるけど、このままだとティガロさんは安心して生活できないんだ。早く僕に慣れてもらわないと。

「となると、ティガロさんとふたりきりになる口実を作らないとだね」

初日こそティガロさんと同室で寝たが、翌日ベッドを買いに行き、オルテアさんたちの部屋に運び入れた。あの日を最後にふたりきりにはなっていない。

「そこはほら、パーティを口実にすればいいのよ」

「それってさっき話してた歓迎会のこと？」

オルテアさんはうなずき、

「ティガロに『いつもお世話になってるカイトのためにサプライズパーティを開く』って伝えるの。あたしとフリーゼはチーズを買いに出かけるから、そのあいだカイトを足止めしてて、ってね」

「なるほど！　それならティガ姉をサプライズで喜ばせることもできるな！」

「名案だね！」

僕たちにアイデアを褒められ、オルテアさんは照れくさそうにはにかんだ。

そうして話が決まったところで、僕たちは家に帰りつく。

「おかえり！」

一向に帰ってこないから心配していたのだろう。階段を駆け下りてきたティガロさんが明るく出迎えてくれた。

「ただいまティガ姉！　実は相談したいことがあるのだ」

「なんだよ藪から棒に」

「いいからいいから。こっちで話そう！」

「僕は部屋にいるね」

応接間に向かう三人にそう告げて、僕は二階の部屋へ。ベッドに腰かけてぼんやりしていると、ノック音が響き、ティガロさんがやってきた。

僕とふたりきりで、おまけに足止め役を任されているからか、いつにも増して緊張している様子だった。

「よ、よう、いま暇か？」

「暇だよ。どうして？」

「えーっと……その辺をぶらっと散歩したいなーって。もちろんフリーゼたちも誘ったが、あいつらは休みたいそうだ」

「わかった。付き合うよ」

「そ、そか。サンキュな！」

断られずに済み、ティガロさんは安心したように吐息する。

こうして緊張しながらも、僕のパーティを成功させるために頑張ってくれているんだ。本当に優しいいし、だからこそ友達になりたいと思う。これを機に親睦が深まるといいのだけれど……。期待半分不安半分の心境で、僕たちは家をあとにした。

「ティガロさんは行きたい場所とかあるの？」

「散歩できりゃそれでいいが……そうだ。なあ、チーズってどこで売られてるんだ？」

「一番近い店だと、ギルドのある大通りかな」

「あー……なら、あっち方面に行ってみたい気分だ」

ギルドとは逆方向を指すティガロさん。僕がフリーゼさんたちと鉢合わせないよう気を配っているようだ。

そっちに行こうか、と僕たちは閑静な住宅通りを歩いていく。やがてお店が軒を連ねる通りに差しかかり、そうだ、とティガロさんに声をかける。

「ティガロさん、服欲しくない？」

「いまは特にいらねえかな。そもそも金は全部親にあげたし、買おうにも買えねえよ」

先日僕たちが仕事に出かけているあいだ、ティガロさんは獣人街の両親に会いに行き、前職で得た稼ぎをすべて渡したらしい。本当に親孝行で素敵な女性だ。

「服は僕がプレゼントするよ」

安直かもしれないが、贈り物は仲良くなるのに打ってつけだ。着心地がいいからメイド服を着ているだけだと語っていたし、肌触りのいい服を贈れば喜んでもらえるはず。

「いいよ服は。カイトの……クリーンビームだっけ？　あれのおかげで洗濯で傷む心配もないし、替えのメイド服も持ってるしな」

「そっか……」

遠慮しているわけでもなさそうだし、本当に服に興味がないのだろう。プレゼントするなら喜ばれるものを贈りたいし、だったら……

「ティガロさんは、花に興味あったりする？」

女性への贈り物の代表格と言えば花のイメージがあるので訊いてみた。

「まあ、人並みにはな。以前暮らしてた屋敷に花壇があってな。仕事終わりにそれを見るのが好きだった」

「だったら花屋に行こうか。寝室に花を飾りたいから見繕ってほしいんだ」

ティガロさんへの贈り物として買うけれど、先にそれを言うと遠慮されるかもなので、サプライズで渡すことにした。

「わたしが選んでいいのか？」

「僕は花に詳しくないしさ。ティガロさんが好きな花を選んでよ。花束が作れるくらいの数だと助かるよ」

「いいぜ。そういうことなら選んでやる」

僕たちは通りを進み、花屋を訪れた。

店頭には色とりどりの花が飾られていて、心地良い香りを放っている。

ティガロさんは綺麗に咲く花に頬を緩ませつつ、真剣に花を見てまわる。そんな彼女を眺めていると——

「カイトさんっ！」

花屋の奥から出てきた女性が嬉しげに声をかけてきた。ぺたんと垂れたロップイヤーの獣人で、手には花束を持っている。

「こんにちは、ええと……」

「ルリナの母です！　以前娘から金貨一枚で花を買ってくださったそうで、ずっとお礼を言いたかったんです！」

「ああ、彼女のお母さんでしたか」

彼女の正体は、以前ギルド前で花を売っていた女の子のお母さんのようだ。

あれはフリーゼさんと出会った日のこと。一生懸命に集めた野花をブラドに散らされ、彼女はひどく落ち込んでいた。

だから僕は金貨一枚で野花を買い取り、彼女が高値で売ることに罪悪感を抱かずに済むように、世界にひとつだけの花束を作ってほしいと依頼したのだ。

それから数日後、花束はギルド前で受け取った。もう枯れてしまったけど、しばらくのあいだ部屋を明るく彩ってくれていた。

「娘さんは元気にしてますか？」

「ええ、とっても！　カイトさんのおかげで、お腹いっぱい食べられるようになりましたから！　ルリナも妹たちと毎日楽しく遊んでいますっ！」

「それはよかったです。家族のお手伝いをするのも立派ですけど、子どもは遊ぶのが仕事ですからね」

「はいっ。元気に遊ぶ子どもたちを見られて私も幸せですっ！　ではでは私は仕事の途中なので失礼しますねっ。今日は本当にお会いできてよかったです！」

花屋から出てきたところを見るに、配達の仕事を任されているのだろう。僕にぺこりと頭を下げ、彼女は通りの向こうへと駆けていった。

「……なあ、ひとつ聞いていいか？」

ティガロさんが話しかけてきた。なにやら神妙な顔をしている。いいよ、とうなずくと、彼女は探りを入れるように訊いてきた。

「カイトはさ、なんで獣人に優しくするんだ？」

「優しくする理由？　そうだね……特別な理由はないんだけど……そもそも誰かに優しくするのに理由がいるとは思えないし……」

「……本当に理由はないのか？」

ティガロさんは真剣な表情を引っ込めない。

もしかすると、ずっとそれを考えていたのかも。ただほど高いものはないという言葉もあるし、そのせいでなにか裏があるのかもと不安にさせていたのかもしれない。

だったら、きちんとした理由を用意したほうがいい。本当に『強いて言えば』なレベルだけれど、理由はなくもないし。

「いまでこそ毎日楽しく過ごせてるけど、以前までの僕は人生に絶望してたんだ」

「絶望？　いまと違って、お金がなかったからか？」

「ううん。当時も裕福には暮らせていたよ。ただ、お金がいくらあっても、楽しく過ごすことはできなかったんだ。当時の僕は、なにに対しても興味を持てなくて、なにをしても楽しめなくて……生きていることに喜びを見出せなかったんだ」

「いまとはずいぶん違うな。わたしの目には人生を楽しんでるようにしか見えないぞ」

「獣人に出会ったからね！」

声を弾ませると、ティガロさんはきょとんとした。

「出会うもなにも、獣人なんざそこらじゅうにいるだろ」

当然の疑問だが、日本や転移の話をしても混乱させるだけなので、誤魔化すことにする。

「僕の地元にはいなかったんだ。オルテアさんとの出会いは衝撃的だったよ。彼女を一目見た瞬間、世界が色づいたからね。この世界にこんなに素敵なものがあったのか、って。

つまりなにを言いたいのかと言うと、僕は獣人が大好きなんだ。だから、好きなひとには笑顔でいてほしいんだよ」

「……見返りは、求めないよ。ティガロさんだって、両親に仕送りをしても見返りは求めてないよね？」

「そりゃな。家族が幸せに暮らしてくれたら、それで満足だし……」

「僕もだよ。獣人たちが幸せそうに過ごしてくれたら、それだけで満足なんだ。だから、強いて言うなら、みんなの笑顔が僕にとっての見返りだよ」

「……そうか。そういう理由だったのか……なのにわたしは……」

ぶつぶつとつぶやいていたティガロさんは――パチィン！　と突然自分の頬を叩いた。

まさかのビンタに僕は動揺してしまう。

「な、なにしてるの!?　すごい音したけど!?」

「思いきり叩いたからな」

ティガロさんは清々しく笑っている。フリーゼさんたちに向けるような、自然な笑みを浮かべている。心を開いてくれたようで嬉しいけど……それより心配のほうが勝る。

「頬が赤くなってるし……それぜったい痛いよね？」

「痛いくらいがちょうどいいんだ。てか心配しすぎだろ。カイトってマジで優しいんだな。

ほんと、モンストロとは大違(おおちが)いだぜ」

モンストロ……？

「それって、前の雇(やと)い主(ぬし)？」

「ああ。世間的にゃ立派な町長って評判だが、わたしらメイドにとっては短気な人間だ。獣人ばっか雇うのだって、ストレス発散のためだしな。人間相手なら騒(さわ)ぎになるが、獣人なら厳しくしたって問題ないと思ってんだよ」

「そうなんだ……。僕はそんなことぜったいにしないと誓(ちか)うから。だから、今後もうちにいてくれると嬉しいよ」

「もちろんだっ！　これからもカイトの家にいさせてもらうぜ！」

ティガロさんは満面の笑みだ。無事に親睦を深めることもできたし、それなりに時間も経(た)ったし、そろそろオルテアさんたちも帰ってきてる頃だ。

「花は決めた？」

決めたぜ、とティガロさん。花屋の店員に花束を作ってもらい、僕たちは家路についた。

「ただいまー」

家に帰ると、屋内は静まりかえっていた。ふたりはまだ帰ってないのか、どこかで待機しているのか……。そういえば、歓迎会はどこで開くんだろ？

「ふたりは応接間にいると思うぜ」

会場についても話し合っていたらしい。ティガロさんは僕の驚く顔が待ち遠しいのか、いたずらっ子のように笑っている。

そして応接間のドアを開けると――

「ようこそティガ姉！」

「心から歓迎するわ！」

ふたりに拍手で出迎えられ、ティガロさんは鳩が豆鉄砲を食らったような顔をした。

「な、なんでわたし？　カイトのパーティじゃ……てか、歓迎？」

「いまさらだけど、ティガロさんの歓迎会を開こうって話になってね。はいこれ」

頭に大量の疑問符を浮かべるティガロさんに、僕は花束を贈る。

「これ、カイトの部屋に飾るんじゃ……」

「サプライズだよ。びっくりした？」

「びっくりしたぜ……マジでありがとな。オルテアとフリーゼもサンキュな！」

ティガロさんの顔から困惑が消え、喜び一色に変わる。

歓迎会の成功を確信したのか、ふたりはハイタッチを交わした。

「サプライズは大成功だな！」

「次はパーティを成功させなきゃね！」

ふたりとも帰ってきたばかりなのか、テーブルにはチーズ入りの紙袋(かみぶくろ)が置かれているが、ワインは用意されていなかった。

オルテアさんとフリーゼさんは、うきうきとした足取りでワインボトルを取りに行く。そしてふたりきりになると、ティガロさんは急に落ち着きをなくした。

心を開いてくれたはずだけど、まだふたりきりになるのは緊張するのかも。そう思っていると、ティガロさんが意を決したように言う。

「な、なあ、カイトは獣耳が好きなんだよな？」

「大好きだよ。ティガロさんの獣耳もね」

「ほ、ほんとか？　わたしの耳、ずんぐりしてるし、まだら模様だし、正直あんまり好きじゃねーんだが……」

「そんなことないよ！」

大声を出してしまった。まだ打ち解けて間もないので獣耳を褒めるのはもう少し仲良くなってからのほうがいいと思っていたけれど、自分に自信がないなら話はべつだ。

「素敵な獣耳なんだから、もっと自信を持つべきだよ。ずんぐりしてるのは愛くるしいし、まだら模様もおしゃれだしさ。毛の艶(つや)もいいし、すごく可愛(かわい)い——」

「わ、わかったから！　そ、それ以上言わなくていいからっ！」

ティガロさんは顔が真っ赤だ。

まだまだ褒め足りないけど、顔が赤らんでいるのは僕の言葉が届いた証拠（しょうこ）。これで少しでも自分の耳を好きになってもらえると嬉しい。

「と、とにかくカイトが獣耳好きってことはわかったよ。だ、だから……」

ティガロさんは深呼吸すると、上目遣い（うわめづか）いに僕を見つめ、

「花をくれたお礼に、わたしの耳を撫でさせてやる」

「いいの!?」

「お、おう。ただ……ふたりには見られたくないから、パパッと済ませてくれ」

「ありがとう！　お言葉に甘（あま）えさせてもらうね！」

こんなに早くティガロさんの獣耳を撫でられるなんて夢みたいだっ！　さっそく獣耳に触れてみると、肉厚な感触がした。

かといって硬（かた）いわけではない。しなやかさがあり、柔（やわ）らかな毛にしっかり覆（おお）われているため、ふんわりとした手触（てざわ）りだ。毛並みはなめらかで、肌触りがよく、撫でるたびに頬がゆるゆるになっていく。

「お待たせー！」

「――っ！」

ふたりが部屋に駆け込み、ティガロさんが咄嗟にあとずさった。幸せな感触が遠ざかる……。


「さっそく歓迎会を始め……む？　どうしたティガ姉、顔が真っ赤だぞ」

「まだ飲んでないのに飲んだあとみたいな顔してるわよ」

「ちょ、ちょっと暑くなっただけだ。それより早く飲もうぜ！」

「うむっ。ティガ姉が主役なのだから好きなだけ飲むといい！」

「二日酔いになってもカイトがビームで治してくれるもんねっ」

「おうっ！　せっかくの歓迎会だしな。今日はとことん飲ませてもらうぜっ！」

ティガロさんの明るい声を合図に、一週間遅れの歓迎会が幕を開けたのだった。

◆

その日の夜。

夕食を作り終えたモンストロは、厨房に留まっていた。

今日の料理はもう終わったが、これで休めるわけではない。明日の仕込みをしなければならず、さらには月光祭の料理も考えておかねばならない。

ベルゼは月明かりを気に入っており、満月の晩には『月光祭』が催される。もちろん、ベルゼは穏やかな生活を望んでいるため、祭りと言えど盛り上がりはない。違いと言えば、月光祭で提供する料理は特別でなければならないことだ。

いまのところベルゼを満足させることはできているが……月に一度と言えど、三〇年も続くとさすがにアイデアが尽きてしまう。

それでもモンストロは三〇年、ただの一度も手を抜かず、ベルゼに美食を提供し続けてきた。一日たりとも休むことなく、彼に望み通りの生活を送らせてきたのだ。

穏やかに美食を楽しみたいというベルゼの望みを――。

当時から料理の腕前には自信があったが、問題は穏やかな暮らしのほうだった。お金がないため彼にそんな生活を送らせることは難しく……そこで一計を案じることにした。

手頃な町をデビルフライに襲わせてくれと。犠牲者も出すことなくその町を守ることができればモンストロは英雄になり、ベルゼに穏やかな暮らしを送らせることができると。

計画は驚くほど上手くいった。勇猛果敢にデビルフライに立ち向かったモンストロは、たちまち英雄になり、小さな港町ながらも町長を任されるに至った。スタンピードを食い止めたのは史上初のことで、モンストロの噂は国中に広まり、安全な生活を求めて多くの移住者が押し寄せ、いまや国内随一の港町にまで発展した。

しかし富と名声と地位を手に入れながらも、モンストロに人生を楽しむ余裕などない。ベルゼの機嫌を損ねると殺されてしまうため、心安まるときがないのだ。

「失礼します」

仕込みを終え、月光祭の献立を考えていると、獣人メイドがやってきた。先日解雇したティガロに代わり、給仕を務めることになった獣人だ。

美食を楽しむには美しい食器と美しい給仕が欠かせないため、ティガロほどではないが、彼女も整った容姿をしている。

「お皿をお持ちしました。それと、ベルゼ様から言付けを預かっております」

「ベルゼ殿から？　料理について、なにか言っていたのか？」

「いえ、料理に関してはなにも仰っていませんでした。ただ、ベルゼ様がモンストロ様にお会いしたいと」

「私に……会いたい？」

モンストロは言い知れぬ不安感に襲われる。この三〇年、ベルゼに呼び出されたことはない――それどころか顔を合わせたことすらないのだ。

そのベルゼが、突然会いたいと言い出した。まさか世間話をしたいわけではあるまいし、モンストロを呼び出す理由など料理絡みしか考えられない。

しかし、モンストロの料理は完璧だ。この三〇年、一度たりともベルゼの不評を買ったことはない。

とすると――

「貴様、ベルゼ殿に失礼を働いたのではあるまいな！」

「い、いえ、私は指示通り料理をお出ししただけです！　モンストロ様の言いつけ通り、一度も口を開いておりません！」

給仕がなんらかの不手際を働いた可能性も否めなかったが、この怯えっぷりを見るに、穏やかな食事を邪魔するような言動は慎んでいるはず。

となると、やはり料理絡みで呼び出したのだろうか……。

いずれにせよ、ベルゼを待たせるわけにはいかない。

「わかった。貴様は部屋に下がっていろ」

「かしこまりました、モンストロ様」

深く頭を下げ、皿を流しに置き、メイドが去っていく。

モンストロは明かりを手にすると、憂鬱な気分で屋敷を出た。日が沈み、風が不気味な音を立てるなか、断崖絶壁の灯台へ向かう。

古びたドアをノックするが返事がなく、モンストロは遠慮がちに屋内へ足を踏み入れた。

「ベルゼ殿……ベルゼ殿はどちらに……?」

震える声で呼びかけると、耳元で羽音が響いた。ハエが顔の前をぐるぐるまわり、まるで誘導するかのように廊下の向こうへ飛んでいく。

それを追いかけた先には、食堂があった。大きな窓から月光が差し込むなか、燕尾服に身を包んだ老人が椅子に腰かけている。

三〇年ぶりに目にするが、その姿は当時とほとんど変わっていない。彼の寿命が尽きることを願っているが、ベルゼは魔物だ。あとどれくらい生きるのか見当もつかない。

「お、お待たせして申し訳ございません。本日はどういった御用向きでしょうか……」

不安感に駆られながらもたずねると、ベルゼが冷たい目を向けてきた。

「次の月光祭ではなにを作るつもりだ?」

その言葉に、モンストロは救われた気分だった。料理の件で不評を買ったわけではなく、ただ質問をするために呼び出しただけらしい。

モンストロは胸を撫で下ろしつつ、ベルゼの問いに恭しく答える。

「月光祭は特別な日でございますから……ベルゼ殿にご満足いただくため、時間をかけて考えたく……。リクエストがございましたら、なんなりとお申し付けください」

ベルゼは少し黙り、

「……ここ最近、吾輩は考えていたのだ。貴様の料理は代わり映えがしないとな。ゆえに、月光祭では吾輩が望む食材を使え」

ダメ出しに、心臓がきゅっと引き締まる。

「しょ、承知いたしました。どんな食材であろうと必ず手に入れてみせます。そ、それで、ベルゼ殿が望む食材とは……」

「人肉だ」

モンストロは、言葉の意味を理解できなかった。

「い、いま、なんと仰いました？」

聞き返され、ベルゼは不愉快そうに眉をひそめる。

「人肉だ。ここしばらく人肉は口にしていないのでな。無論、人選にもこだわれ。吾輩は美しい娘の肉を好むゆえ……そうだな。先日まで食事を運んでいた獣人が相応しかろう」

「そ、それは……」

「なんだ。異論があるなら申してみよ」

有無を言わせぬ冷酷な眼差しに、モンストロは咄嗟に首を横に振る。

「い、いえっ、異論などございません！　腕によりをかけてベルゼ殿がお気に召す料理を作ってご覧に入れましょう！」

「話は終わりだ。下がれ」

かしこまりました、とモンストロは心臓をバクバク鳴らしながら家をあとにした。

（ま、まずい……まずいまずいまずい！）

逃げるようにその場を離れつつ、モンストロはガシガシと頭をかきむしる。胸が不安と恐怖で張り裂けてしまいそうだ。

ティガロはもういない。生意気なことを言われ、解雇してしまったのだ。食材を偽り、見抜かれようものなら、モンストロは殺されてしまう。

なんとしてでもティガロを連れ戻さねば。そしてこの手で殺し、彼女を料理しなければならない。

（ティガロは……獣人街の出身だったな）

月光祭は最優先事項だが、日々の料理を疎かにするわけにもいかない。ティガロは手の空いているメイドに連れ戻させなければ。

モンストロは言いようのない焦燥感に駆られつつ、屋敷へ引き返すのだった。

《 第三幕　港町でおもてなし 》

ティガロさんの歓迎会から三日が過ぎた。

その日の昼過ぎ――。外食を楽しんだあとティガロさんと別れ、僕たちは依頼を受けにギルドへやってきた。

さっそく窓口へ向かうと、受付嬢さんが僕を見るなり明るく声を弾ませる。

「お待ちしてましたっ。本日はカイト様に大切なお知らせがあります！」

「大切なお知らせ、ですか？」

「はいっ。Ａ級への昇級についてです！」

「おおっ、ついにＡ級か！」

「すごいわカイト！　冒険者の頂点じゃないっ！」

ふたりが僕の肩を揺さぶり、興奮気味に褒めてくれたが、正直すごいことをしたという実感は湧いてこない。僕はただ光線欲を満たしているだけだから。

それでも、こうして友達に祝福されるのは嬉しいことだ。ありがとね、とふたりに告げ、受付嬢さんに向きなおる。

「今回も昇級試験があるんですか？」

質問を切り出した瞬間、オルテアさんとフリーゼさんが急に盛り下がった。喜びに満ち満ちていたその顔に、不安の色が滲んでいく。

「そ、そうよね。試験があるのよね……」

「A級への昇級試験……恐ろしいに違いない……」

B級の昇級試験では、危険度Bの魔物であるサーペント討伐を依頼された。それと同じパターンなら、試験内容はA級魔物の討伐だ。

A級魔物といえば、ブラドがそうだった。たったひとりで多くの冒険者を操り、国家の転覆を企てていた魔物……。あれと同等の危険度だとすると、ふたりが怯えるのも当然だ。僕としても油断はできない。

受付嬢さんは戸棚を漁り、まずはこちらをご覧ください、と魔物の手配書を見せてきた。

デビルフライの手配書だ。クワガタみたいな大顎を持つハエに似た魔物が描かれ、その下には危険度や報酬などが記載されている。これって……

「間違ってない？」

オルテアさんが僕より先に疑問を口にした。フリーゼさんがうなずき、手配書を指す。

「ここには危険度Ｃと記されているが……」

「仰る通り、これはＣ級冒険者用の手配書になります。カイト様が過去にデビルフライの討伐依頼を受けた記録はありませんでしたので、まずはデビルフライの説明から入らせていただこうかと思いまして」

受付嬢さんの話を聞きながら、僕は国王様の話を思い出していた。

聖霊祭の日、王城を訪れた際にスタンピードの話を聞かされた。たった一夜にして町を瓦礫に変え、さらに住人をひとり残らず消滅させた、スタンピードという現象――。その正体は、デビルフライの大移動だと聞かされたが……

「昇級試験はスタンピードと関係が？」

僕がそう口にした瞬間、ふたりが悲鳴を上げた。

「スタンピードとは、あのスタンピードのことか⁉」

「ま、まさかデビルフライが王都に迫ってるの⁉」

ふたりの叫び声がギルド内に響き、冒険者たちがざわついた。恐怖はたちまち伝播していき、あわやパニック寸前だ。椅子から転げ落ち、食堂から走り去ろうとする冒険者まで出始めた。

受付嬢さんは大慌てで声を張り上げる。

「い、いえ違います！　スタンピードは発生していません！　そんな連絡が入っていれば、私は今頃ここにはいません！　のんきに受付なんてしていません！」

大声で叫んだのは、ギルド内の人々を落ち着かせるためだ。自分の身に置き換えれば、受付をしている場合ではないのは確かだ。彼女の言葉には説得力があり、ギルド内にいた人々は落ち着きを取り戻していった。

受付嬢さんはため息を吐き、

「肝が冷えましたよ……。誰かひとりでもギルドを出ていれば、王都中がパニックになるところでした……」

「面目ない……」

「ああいえ、べつに責めているわけでは……」

「で、でも……疑うようで悪いけど、ほんとにスタンピードは発生してないの？　王都に危険がないだけで、ほかの町に迫ってる……とかじゃないわよね？」

オルテアさんの故郷は王都じゃない。もしかしたら故郷に危険が迫っているかもと思い、不安がっているようだ。そんな彼女の不安を拭うように、受付嬢さんがにこりと笑う。

「心配いりません。そんな連絡は届いてませんから」

電話とは違うけど、この世界にも通信手段はある。念話能力を持つ魔物の魔石を使っているようで、一定の距離なら通話が可能だ。

そして魔物に襲撃された際などに緊急連絡できるように、町と町は念話できる範囲内に作られているらしい。

デビルフライの大移動が確認されれば、即座に連絡が届くはずだ。

「よかった……スタンピードは起きてないのね……」

「しかし、ならばなぜデビルフライの話をするのだ？」

「昇級試験が『密林調査』だからです」

「それって、国境の密林ですか？」

以前国王様が言っていた。一〇〇〇〇匹を超えるデビルフライが国境の密林に集まっていると。

受付嬢さんはうなずき、

「元々は地平線の彼方まで続く広大な密林地帯だったと聞いておりますが、この三〇年で自然は失われつつあるようで……すべての動植物を食べ尽くすと、デビルフライは新たな餌場を求めて大移動すると見られています」

人里離れた土地に向かってくれればいいが、最悪の場合は人里が襲われることになる。

気になるのは大移動が起こる時期だ。

「も、もう密林は食べ尽くされてしまいそうなのか……？」

「いえ、数ヶ月前の調査では、少なく見積もっても一〇年はかかるとのことでした。……ですが、最後に調査をしたのはブラドでして……」

「嘘の報告をしているかもしれないと……そういうことですか？」

「可能性は否めません。とはいえブラドは剣聖を目指していましたし、信頼を失墜させるような虚偽の報告をするとも思えませんが……念のためにも調査は欠かせません。本来はA級冒険者に依頼するのですが、ベリック様は他国へ旅立たれてしまいましたので……」

以前、王都にいるA級冒険者は、ブラドとベリックさんのふたりだけだと聞かされた。

そのふたりがいなくなったいま、調査できるのは僕しかいないというわけだ。

調査だけなら誰にでもできそうだけど、現場には一〇〇〇〇匹を超えるデビルフライがいるとされている。先ほどのパニックぶりを見るに、そんな場所には誰も行きたがらないだろう。

調査とはいえ襲われないとも限らないし、まさしくA級に相応しい危険度だ。

「ちなみに報酬は金貨三〇枚ですが……お受けいただけますか？」

「もちろんです」

出世欲はないけれど、みんなに安心して生活してもらうためにもデビルフライの動向は調査しておいたほうがいい。

「ありがとうございます！　それと、調査方法はカイト様にお任せしますが、安全のためにも夜の調査はお勧めしません」

目的は密林調査なのだ。当然ながら、夜だと森は見えづらくなってしまう。

もちろんライトビームを使えば調査はできるが、デビルフライがどこから飛んでくるかわからないのだ。言われた通り、日が出ているうちに調査したほうがいい。

「わかりました。それと確認なんですが、Ａ級ということは、あとふたり連れてこないといけないんですよね？」

安全のため、Ｂ級冒険者は三人以上、Ａ級冒険者は五人以上での行動が義務づけられている。ティガロさんを勧誘したとしても、あとひとり探さないといけない。

「いえ、Ａ級に昇級後は人数を増やしていただく必要がありますが、今回はあくまで調査ですので。戦う必要はありませんし、人数を増やせば逆に目立って危険ですので、三人で問題ありません」

「わかりました」

そうして正式に昇級試験を受けると、僕たちはギルドをあとにした。

「さっそく出発する？　それともティガロさんに知らせておく？」

目的地は国境の密林だ。いつも通りのスピードだと、到着は夜中になる。調査は日中に行いたいので、今日は最寄りの町に泊まることになる。

事前に泊まりだとわかっているので、ティガロさんに心配をかけないようにあらかじめ伝えておいたほうがいいかも。

「急ぐ必要はないのだ。ティガ姉に知らせてからでも遅くはあるまい」

フリーゼさんが言った。オルテアさんも同意見らしく、僕たちは一度帰ることにしたのだった。

◆

家に帰ると、ティガロさんがエントランスを掃いていた。

「掃除してくれてたんだ」

「まあな。なにもせずに金貨五枚ってのは悪いだろ？」

全然悪くはないけれど、僕たちが仕事をしているあいだ、なにもせずに待っているのは退屈だろう。

ティガロさんは身体を動かすのが好きみたいだし、僕たちは綺麗な家で生活できるし、いいこと尽くめだ。

「ありがとね。掃除してくれて助かるよ」

「当たり前のことをして褒められるってのも変な気分だな」

ティガロさんは照れくさそうに頬をかき、ところで、と僕たちの顔を見まわした。

「ずいぶん早い帰宅だな。忘れ物か？」

「ティガ姉に大事な報告があってな」

と、フリーゼさんが真剣な顔で切り出した。

なんだよあらたまって、と緊張気味のティガロさんに、フリーゼさんはまじめな口調で告げる。

「これから私たちは密林へ向かうのだ」

「密林に？」

「ええ。怖がらないで聞いてね？　実は密林にはデビルフライの群れがいるの！」

「A級昇級試験として、私たちはデビルフライの動向を調査しに行くのだ！」

おどろおどろしい口調で語るふたりに、ティガロさんはパッと笑顔になった。

「マジか！　A級って冒険者のトップだろ？　その歳で上り詰めるとかすげえな！」

「ありがと。正直言うと、あまり実感はないけどね」

「A級になりゃ自然と実感も湧くだろうぜ。なにせ今後は危険度Aの依頼を受けることになるわけだしな」

「だね。稼ぎも増えるだろうし、ティガロさんの給料も上げようか？」

「いいよ気ぃ遣わなくて。ただでさえ持て余すの確実なんだから。ローンもまだ残ってんだろ？　そっちの返済に充ててくれ」

「わかった。だけど上げてほしくなったら遠慮なく言ってね」

「そうさせてもらうぜ。にしてもA級かー。重ね重ねすげえな！」

「い、いやいやいや、なぜ笑っていられるのだ？」

「ティガロはデビルフライを知らないの？」

穏やかに談笑するティガロさんに、ふたりは困惑顔を向ける。べつに怖がらせたいわけじゃないんだろうけど、リアクションの薄さが気になるみたいだ。

実は僕もちょっと気になっている。なにせデビルフライと聞けば、スタンピードを連想するのがこの世界の常識らしい。屈強な冒険者たちがあんなにパニックになっていたのに、ティガロさんはまるで怯えていないから。

オルテアさんの言う通り、デビルフライを知らないのだとしたらこのリアクションにもうなずけるけど……

「デビルフライを知らないとかありえねえだろ」

「ならばなぜ怖がらないのだ？」

「怖くないわけじゃねえけどさ。二年も港町に住んでたから、慣れちまったんだよ」

「港町って……」

　そういえば、と国内地図を思い出す。

　飛行中に地図を取り出すと事故に繋がる恐れがあるため、僕は国内の地理を完璧に頭に叩き込んでいる。衛星写真のような地図ではないので精密さには欠けるけど、おおよその位置情報を把握するには充分な精度だ。

　ともあれ、その地図には国境が描かれていた。

　この国は大陸南端で、北東の国とは山脈で隔てられ、北西の国とは森で仕切られている。その森こそがデビルフライの生息地であり、そこから一〇〇キロと離れていない場所には港町の存在が記されていた。

　その話を聞かせると、オルテアさんとフリーゼさんは信じられないといった様子で、

「ティガロ、そんな危ない場所に住んでたの……？」

「どうりで私たちの話を聞いても平然としているわけだ」

「べつに平然とはしてねえよ。カイトが一緒だから安全だろうが、これでもお前らを心配

してるんだぜ？　港町と密林じゃ危険度が段違いだからな」

「たしかに危険度は違うけど、港町も危ないんじゃないかな……？」

スタンピードが発生すれば、真っ先に狙われるのは生息地から一番近い町――港町だ。

町を捨てるなんて大きな決断、簡単にはできないけれど、命には替えられない。

密林が荒野と化すまで少なく見積もって一〇年らしいが、すべての動植物を食べ尽くすまで留まっている保証はないのだ。早め早めに移住を検討したほうがいいのでは？

「ずっと屋敷に引きこもってたから町の奴らとは交流してねえが、二年前に港町を訪れたときも、港町を出るときも、誰も怯えてなかったぜ」

密林からそう離れていないにもかかわらず、港町はとても活気があるようだ。

「港町の人々は強靱な心の持ち主なのだな」

感心した様子のフリーゼさんに、そうじゃなくて、とティガロさんは複雑そうに言う。

「モンストロのおかげで、みんな安心して暮らせてるんだ」

「それってティガロさんの元雇い主で、町長の？」

「ああ。モンストロは三〇年前にスタンピードを食い止めた英雄なんだよ」

「え？　モンストロさんが、スタンピードを？」

聖霊祭の日、国王様が言っていた。スタンピードが最後に発生したのは三〇年前。町に押し寄せたデビルフライの群れを青年が追い払い、それ以降は密林に留まっていると。

その偉業を成し遂げたのはモンストロさんだったのか。だとすると、きっとその功績が認められて町長になったのだろう。

「そういえば、おじいちゃんが言ってたわね。あたしが王都に引っ越すって伝えたとき、どうせなら港町に行きなさいって。あそこならスタンピードが起きても安全だからって」

「地理的には真っ先に狙われそうだが……たしかに一度阻止した人物がいるのであれば、心強いことこの上ないな」

「フリーゼみたいに考える奴が大勢いたみたいでな。昔は小さい港町だったが、移住者が殺到して、デカい町になったんだってよ」

モンストロさんの活躍以降、町が襲われるどころかスタンピード自体が発生していないわけで。関連性があるかはわからないけれど、モンストロさんのおかげで平和が保たれていると感謝する声が多いのだとか。

「ま、わたしは嫌いだがな。あいつから離れられてせいせいしたぜ」

「どうしてティガロは嫌ってるの？　話を聞く限りではいいひとそうなのに」

「獣人差別が酷いからだ。短気で当たり散らすしさ。さすがに暴力は振るわねえと思ってたが、わたしが気づいてないだけだったみたいでな。慣れた手つきで同僚の耳を引っ張りやがった」

「耳を⁉」

「信じられねえだろ？　触られるのも嫌なのに引っ張るとか。だから怒鳴ってやったんだ。そしたらクビにされちまってな」

「それは辞めて正解だね」

獣耳を褒めるのは愛の告白のようなもの。許可なく触れることすらためらわれるのに、引っ張るなんてありえない。というか暴力自体がありえない。

若輩者がなにを言っても聞き流されるだろうけど、いまの僕は剣聖という地位に就いている。剣聖として注意すれば、メイドさんへの暴力行為は控えてくれるはずだ。

一〇〇〇〇匹を超えるデビルフライが押し寄せるスタンピードをどうやって追い払ったのかも知りたいし、モンストロさんに会いに行こう。

「モンストロさんの家って、すぐにわかる場所にある？」

「高台にあるからすぐにわかるが……あいつに会いに行くのか？」

「一言言いたくてね。もちろん、屋敷まで案内してくれとは言わないよ」

立派な功績を持ってはいるけど、ティガロさんはモンストロさんの人間性を嫌っているのだ。そんなひとに会いたくはないだろう。

「そりゃ会いたくはねえけど、案内するだけなら――」

そのときだ。突然うしろからノック音が響き、ティガロさんは言葉を飲み込んだ。僕がドアを開けると、そこにはメイド服姿の獣人が立っていた。

歳は一六歳か、一七歳くらい。リスのような丸い耳と、もふもふとした大きなしっぽを持つ、気弱そうな女性だ。

彼女を一目見た瞬間、ティガロさんは目を丸くした。

「マロンじゃねえか！」

「ティガ姉の知り合いか？」

「元同僚だ。どうしてここに……まさかクビになったのか？」

ティガロさんに心配そうな顔を向けられ、マロンさんは首を横に振る。

「ううん、ティガロちゃんが庇ってくれたから、いまでも働けてるよ」

「そっか……」

ティガロさんは素直には喜べないみたい。

なにせ獣人は仕事を見つけるのも大変なのだ。稼ぎがいい仕事は競争率も高くなるし、モンストロさんの屋敷のメイドと同じくらい稼げる仕事を見つけるのは難しいだろう。

だけど……生活のためには解雇されないに越したことはないけど、また暴力行為を振るわれるんじゃないかと思うと、心配してしまうのも無理はない。

「ま、とにかく元気そうでなによりだ」

「ティガロちゃんのおかげだよ。仕事をクビになったら私、路頭に迷うところだったから
……ティガロちゃんこそ元気そうで嬉しいよ」

「クビになったおかげで最高の暮らしを手に入れたからな。そりゃ元気も出るぜ」

「うん。獣人街で聞いたよ。剣聖様のメイドになったたって」

「おう。ここにいるのがそうだ」

ティガロさんが目配せすると、マロンさんが僕に頭を下げてきた。

「ご挨拶が遅くなり失礼しました。私、マロンと申します。突然押しかけてしまい、大変申し訳ございません」

とても丁寧な挨拶だ。こちらも敬語で返そうかと思ったが……剣聖に敬語を使われても、彼女を困らせるだけだろう。

「気にしないで。それよりマロンさんは、ティガロさんに用があって来たんだよね？」

口ぶり的に、彼女は一度獣人街に寄ったらしい。僕のメイドになったという話を聞き、ここへやってきたわけだ。

「あいつが休暇を出すとは思えねえし、わたしに会いに来たのはモンストロの指示か？

まさか『ティガロを怒鳴りつけてこい』とか言われたんじゃないよな？」

　解雇した元メイドを怒鳴るためにわざわざ使いを送るって……。さすがにそれは意地が悪すぎるけど、彼女はモンストロさんならやりかねないと思っているらしい。

　しかしそれはティガロさんの邪推だったようで、マロンさんは首を横に振った。

「その逆だよ。怒鳴るためじゃなく、謝るために私を送り出してくださったの」

　ティガロさんが、ぽかんとした。

「モンストロが、わたしに謝る……？」

　マロンさんはうなずき、

「モンストロ様、あの日のことを本当に悔やんでいるみたいで……。ティガロちゃんに、また屋敷で働いてほしいって」

　そう語るマロンさんは自信なさげにしている。さっきティガロさんに『最高の暮らしを手に入れた』と笑みを向けられたので、断られると思っているのだろう。

「悪いが、帰るつもりはねえよ」

　予想通り、ティガロさんは即座に断った。僕としては嬉しいけど、マロンさんの手前、手放しで喜べない。だって……

「そ、そうだよね……。ティガロちゃん、いますごく幸せそうだもん。私もここで働いたほうがいいと思うな」

すんなり身を引くマロンさんだが、その顔はひどく曇っている。

話を聞くに、モンストロさんは獣人に対してとても厳しいひとらしい。手ぶらで帰ればなにをされるかわからない。暴力を振るわれ、解雇されてしまうかも……。

しかし我が身よりティガロさんの幸せを優先したいのか、無理やり連れて帰るつもりはないようだ。

突然来てごめんね、とマロンさんは立ち去ろうとする。

「待って。ねえティガロさん、モンストロさんの屋敷に行かない？」

僕と同じくマロンさんの身を案じていたのか、ティガロさんは首を横には振らなかった。

それでも気乗りはしないようで、

「マロンのことはもちろん心配だが、カイトのそばを離れたくねえよ……」

もしかすると、これを口実に僕に追い出されるとでも思っているのだろうか。ティガロさんは不安そうに声を絞り出した。

もちろんだよ、と彼女に笑みを向け、

「ティガロさんさえよければ、ずっとここにいてくれていいから。モンストロさんの家に行くのは、その気持ちをぶつけるためだよ」

「屋敷には戻らねえ、って？」

「うん。それならモンストロさんも諦めがつくだろうし、マロンさんも『ティガロさんを連れて帰る』っていう仕事をこなしたことになるからね」

「なるほどな。そういうことなら、わたしもついて行くぜ」

ティガロさんが乗り気になり、マロンさんは救われたように顔を明るくした。

「ありがとうティガロちゃん……。カイト様も、本当にありがとうございます」

「どういたしまして。今日出発しても遅くなるし、僕たちは明日ここを発つけど、マロンさんも一緒にどう？　船に乗るより、空を飛ぶほうが早く着くよ」

「私もご一緒してよろしいのですか？」

「もちろんだよ」

依頼をこなせばA級に昇級だ。今後は五人で空を飛ぶことになる。五人で飛んでいけばいい練習になりそうだ。

「ではよろしくお願いしますっ」

そうして明日、僕たちは五人で港町へ向かうことになったのだった。

◆

そして翌日。眩い陽光が燦々と降り注ぐなか、港町を目指して飛んでいた僕たちの目に大海原が飛び込んできた。

遙か彼方まで広がる濃紺の海に、フリーゼさんとオルテアさんがはしゃぎ声を上げる。

「おおっ、あれが海か！」

「話には聞いてたけど本当に大きいのね！」

「海の水は塩辛いとも聞いているぞ！」

「一度飲んでみたいわね！」

ふたりとも海を見るのははじめてらしい。僕は昔出張で飛行機に乗ったときに目にしたことがあるけれど、潮風を肌で感じながら海を見るのははじめてだ。海水が塩辛いことは当然知識として知っているが、海で遊んだことがないので口に含んだことはない。日本にいた頃は全然興味なかったが、友達と海水浴をすれば心から楽しめそうだ。

人生の楽しみがまたひとつ増え、自然と頬が緩む。

まあ、僕はもちろんオルテアさんとフリーゼさんも泳いだことはなさそうだし、安全のためにもまずは流れの緩い川などで水に慣れたほうがいいだろうけど。

「海があるってことは、あれがティガロの住んでた町なのね？」

「ものすごく立派なところだな！」

「王都に引けを取らないものね！」

「うむ！　あれだけ大きな町なら、美味しい食事処もありそうだ！」

「珍しいワインもあるかもしれないわねっ！」

「散策が待ち遠しいな！」

　海辺の平地には市街地が形成されている。増え続ける移住者に対して土地が不足してたのか、Ｌ字に広がる山の斜面にも家が建てられていた。町の西側には急勾配の丘があり、町並みを一望できる高台には立派な屋敷が佇んでいる。

「あれがモンストロさんの屋敷？」

「ああ。あれがそうだ。船だと数日かかるんだが、あっという間だったな……」

　ティガロさんは飛行速度に感心している様子だが、僕としては『あっという間』という感じはしない。空を飛ぶのに慣れていないティガロさんとマロンさんを怖がらせないため、いつもより緩やかなスピードで飛んでいるからだ。

　座る場所もいつもとは違う。うしろに四人座られると重心が傾いてしまうため、今回は真ん中に座り、ジェットビームを噴射している。

　五人乗りは三人乗りに比べるとスティックビームを水平に保つバランス調整が難しいが、

なんとか上手く飛べている。

ちなみにオルテアさん、フリーゼさん、僕、ティガロさん、マロンさんという並びだ。おかげで視界に獣耳がチラつき、ずっと獣耳欲が疼いている。できることならあとで撫でさせてほしいところだ。

「ところでティガ姉、密林はどっち方面にあるのだ？」

「屋敷がある丘の向こうだ」

「そうか……あの地平線の向こうにデビルフライがいるのだな……」

「ここからだとさすがに森は見えないわね……」

ふたりの顔は窺えないが、声には緊張が滲んでいる。怖がっているのは火を見るよりも明らかだ。

そのため僕は、明日の密林調査はひとりで行うつもりでいる。相手が魔物一匹であれば襲われても一撃で終わりだが、一〇〇〇〇匹を超えるとなるとそうはいかない。

逃げながら戦わざるを得なくなるし、戦闘に集中するためにも僕ひとりのほうが都合がいいのだ。

僕ひとりを危ない目には遭わせたくない――とついてこようとするかもなので、明日の早朝にこっそり宿を出るつもりだ。ふたりが僕の不在に気づけば心配をかけてしまうため、ティガロさんに言付けておくことにしている。

　なんにせよ――

「港町に到着だね」

「うむ。これだけ建物が多いなら、宿屋もたくさんありそうだな」

「やべっ！」

　ティガロさんが焦ったように声を上げた。

　僕の前に座るふたりがびくっと震える。

「な、なにがヤバいのだ!?」

「まさかデビルフライがいたの!?」

「ああいや、そうじゃねえよ。金を持ってくるの忘れちまってさ。悪いがカイト、宿代を貸してくれねえか？」

「貸すもなにも、宿代は僕が払うよ」

「でも……いいのか？」

「もちろんだよ。ティガロさんは友達なんだから、遠慮なんてしなくていいよ」

「そう言ってくれるのは嬉しいが……友達だからこそ、カイトひとりに金を出させるのは悪いと思っちまうんだよ」

その言葉に、フリーゼさんとオルテアさんが肩を落とした。

「それを言われると私も申し訳なくなるのだが……」

「カイトに出してもらってばかりだものね……」

「オルテア殿はまだいい。私など、報酬の一割をもらっているのだぞ」

「気にしなくていいって。ふたりがいないと僕は依頼を受けることができないんだから。それに対価ならもらってるよ。獣耳という素敵な対価をね」

「そんなことが対価になるのか？」

「もちろんさ。ティガロさんたちの獣耳には、お金には換えられない価値があるよ」

「そ、そか。そういうことなら、あとで好きなだけ撫でてくれ」

ティガロさんは照れくさそうに言う。

歓迎会のときに撫でさせてもらったけど、まだ人前では彼女の耳に触れたことはない。これを機にオルテアさんたちみたいに堂々と撫でさせてくれるようになると嬉しい。

「もちろん私の耳もな！」

「いっぱい撫でていいからねっ」

「ありがと！　撫でるのが楽しみだよ！」

今後の楽しみがまたひとつ増えた。そうして会話を楽しみながらも高度を下げていき、僕たちは屋敷の前に足をつける。

「ふぃ～、恋しかったぜ地面……」

「いままでで一番の長旅だったな」

「カイトもお疲れ様。疲れてない？」

「平気だよ。みんなと話してると疲れなんて吹き飛ぶからね」

それに光線欲を満たしていたのだ。デスビームに比べると気持ちよさには劣るけれど、幸せな時間であることに違いはない。

「マロンさんは……空を飛ぶの平気だった？」

空の旅をしている最中、彼女はほとんど口を開かなかった。ティガロさんが気を遣って話しかけてはいたが、相づちを打つくらいだった。

ぼんやりと空を見上げていた彼女は、僕の問いかけに笑みを向けてきた。

「とても素敵な体験ができました……。空から見る景色はとても綺麗で、見入ってしまい……楽しい時間をありがとうございます」

自然が好きなのだろうか。マロンさんはうっとりとした顔をしていた。怖くて声を出せないのかもと心配してたけど、そういうことならなによりだ。

名残惜しそうにしつつ、彼女は続けた。

「それでは私はモンストロ様をお呼びしてきます」

「モンストロの奴、帰りが早くて驚くだろうな。船旅だと三日はかかってたし」

「驚くだろうけど、それ以上にお喜びになると思うよ。満月の日までにティガロちゃんを連れて帰るように言われてたから」

満月というと、三日後か。船旅だとギリギリになってたな。

「早く謝りたかったんだとしても、どうして満月の日なんだろうね？」

「おそらくは月光祭と関係があるのかと」

月光祭？　と首を傾げる僕に、マロンさんが説明してくれた。

いわく、モンストロさんは毎日近くに住むベルゼさんに料理を出しているらしい。断崖絶壁の家にひとりで住んでいるらしく、ティガロさんの仕事はベルゼさんに食事を届けることだったのだとか。

モンストロさんは食事に気を遣っているらしいが、とりわけ満月の晩に出す料理には、とても力を入れているそうだ。

美食には美しい食器と美しい給仕が欠かせないと考えているようで、屋敷で一番美人のメイドに料理を運ばせているのだとか。

「月光祭は特別なので、モンストロ様はティガロちゃんに給仕を任せたいのだと思います。

「ティガロちゃんは屋敷で一番綺麗でしたから」

「べつに可愛くねえよ……」と頬を染めるティガロさんに、マロンさんは笑みをこぼす。

「そう思ってるのはティガロちゃんだけだよ。じゃ、またあとでね」

そう言うと、僕にぺこりと頭を下げ、マロンさんは屋敷のなかへ入っていった。

それから屋敷の前の花壇を眺めつつ「綺麗な花だね」「これ食用花だぜ」「花を食べるのか？」「どんな味がするのかしら」なんて話していると、

「おおっ、ティガロ！　帰ってきてくれたか！」

屋敷から男性が飛び出してきた。

歳は五〇代半ばほど。痩せ型で目の下に大きなクマがある、不健康そうな男性だ。彼がモンストロさんだろうけど、想像していた見た目とは違っている。町長と聞いていたので、もっと裕福そうな外見をイメージしていたけど……大きな町の長だし、寝る暇もないほど仕事が忙しいのだろうか。

「はじめまして、モンストロさん。僕はカイトと言います。お忙しいなか突然押しかけてしまいまして申し訳ありません」

「いえ、話はメイドから伺いました。ティガロを連れてきてくださったそうで、まことに感謝しております。剣聖様が王都を救ったという話を聞き、いつかご挨拶したいと思っておりましたが、まさかこんな形でお会いできるとは……」

　言いながらも、モンストロさんは気まずそうに僕のうしろをチラチラ見ていた。

　気まずげに僕の背中に隠れていたティガロさんは、意を決したように顔を出す。

「わたしに謝りたいってのは本当か？」

「あ、ああ、本当だ。あの日の私はどうかしていた……。もう二度とメイドに酷いことはしないと誓う。だから……だからどうか屋敷に戻ってきてくれ！　頼む、この通りだ！」

　モンストロさんが深々と頭を下げる。彼の性格からは考えられない行動だったようで、ティガロさんは面食らったように目を丸くした。

「も、もういい。わかったから顔を上げろ」

「私を許してくれるのか……？」

「手を上げたのは許せねえが、わたしをクビにしたことに関しては責めるつもりはねえ。クビになったおかげで、カイトに出会えたわけだしな」

「……マロンから聞いている。いまはカイト殿のもとで働いているそうだな。……いくら受け取っているのだ？」

「金貨五枚だが……」

「ではその倍払う！　だから戻ってきてくれ！」

「金の問題じゃねえ。人柄の問題だ。たとえただ働きでも、わたしはカイトを選ぶ」

ティガロさんにきっぱりと告げられ、モンストロさんの顔に焦りが滲む。

「だ、だったら、せめていままでの非礼を詫びさせてくれ！」

「詫びはさっきので充分だ。つーか謝るならわたしじゃなくてマロンだろ」

「も、もちろんマロンにも謝罪する！　だが、これで許されても私の気が済まないのだ！　だ、だから……そうだ！　もてなすから泊まっていってくれ！　もちろんカイト殿たちも一緒で構わん！」

贖罪の気持ちが強いのか、モンストロさんは必死に頭を下げている。

反省しているようなので『二度とメイドさんに酷いことをしないでくださいね』と注意する必要はなくなったけど、彼からはスタンピードの話を聞いておきたい。

「どうする？　お言葉に甘えさせてもらう？」

「泊まる場所も決まってないものね」

「私はそれで構わんぞ」

僕たちが乗り気になると、ティガロさんはため息を吐いた。

「わかったよ。みんながそう言うなら、一泊くらいしてもいいぜ」

「ありがとう！　本当にありがとう！　精一杯もてなすので楽しみにしていてくれ！」

宿泊が決まり、モンストロさんは救われたような顔をした。

◆

モンストロさんの案内で、僕たちは今日泊まる部屋に通された。

三階建ての立派な屋敷で、部屋数には余裕があるそうで、各自一部屋ずつあてがわれた。

一二畳ほどの板張り部屋には、ベッドと姿見くらいしか置いてない。やることもないし、町に下りて買い物を楽しみたいところだけど……大荷物になると帰りに困るしなぁ。船で帰るって手もあるけど、なにせ三日はかかる距離だ。長いこと船に揺られると、みんなも疲れてしまうだろうし、収集欲を満たすのは我慢しないと。

とりあえずベッドに腰かけ、そこから窓の向こうを眺める。

三階の部屋からは、港町が一望できた。夜中でも賑わってそうな町だ。さすがに高台にある屋敷までは賑々しい声は届かないが、町に行けば活気に満ち満ちていることだろう。

「ほんと、平和な光景だな……」

ここから一〇〇キロと離れていない地に一〇〇〇〇匹を超える魔物がいるとは思えない。

そして窓の向こうに平和な光景が広がっているのは、モンストロさんの活躍のおかげだ。

彼がいなければ、三〇年前にここは荒野と化していた。

「どうやってスタンピードを食い止めたんだろ？」

一〇〇〇〇を超えるデビルフライをすべて追い払うなんて、常識的に考えると不可能だ。まとめて追い払ったとなると……たとえば虫が煙を嫌がるように、デビルフライの弱点を突き、一網打尽にしたのだろうか。

国王様が言うには『無我夢中でどうやって追い払ったかは覚えていない』らしいけど、当時の状況を詳しく聞けば、対応策が見えてくるかもしれない。

なんて黙考していると、控えめなノック音が響き、ティガロさんが入室する。

「どうしたの？」

「退屈だったから来てみたんだ。……忙しかったか？」

「見ての通り、暇してたところだよ」

「そうか……」

ティガロさんは顔に緊張を滲ませ、ちら、とベッドを見る。

「そこ、座っても？」

もちろん、とほほ笑みかけると、ティガロさんは遠慮がちに僕の横に腰かけた。そして、ちらりと横目で僕を見て、太ももをモジモジと擦り合わせる。

「あ、あのさ……さっきの話、覚えてるか？」

「さっきの？」

「その……耳を撫でさせるって話」

「覚えてるよ。もしかして撫でさせてくれるのっ？」

ティガロさんは、小さくうなずいた。

「借りは早めに返したいし……なかなかふたりきりになれるチャンスもねえからな」

「人前で撫でられるのって、やっぱり恥ずかしい？」

「当たり前だろ。男に大事なところを撫でられるんだぞ？　そ、そんなの、キスみたいなもんじゃねえか……」

キスみたいなものなの？　全然そんな感覚はないんだけど。文字通り、口づけじゃないのだから。それにオルテアさんにしてもフリーゼさんにしても、キスをされているようなリアクションではない。

つまるところ、ティガロさんが人一倍恥ずかしがり屋なだけだ。恥ずかしさを我慢してまで恩返しをしたいという気持ちは嬉しいけど……

「嫌なら無理はしないでね？」

「無理はしてない……ことはないが、カイトになら触られてもいい。カイトは、特別な男だからな」

「ありがとう、嬉しいよ！」

特別だなんて、僕のことを心から信頼してくれている証拠だ。据え膳食わぬは男の恥という諺もあるし、勇気を出して部屋に来てくれた彼女のためにも、獣耳を撫でないと。

「さっそく撫でさせてもらうね？」

「お、おう。好きなだけ撫でてくれ……」

ティガロさんは緊張の面持ちだ。撫でやすいようにベッドに向かい合って正座すると、虎のような獣耳に手を伸ばす。

そのときだ。

「カイトー、いるー？」

「遊びに来たぞー！」

オルテアさんとフリーゼさんが部屋にやってきた。その瞬間、ティガロさんがピシッと硬直する。

「あら、ティガロも来てたのね」

「カイト殿に耳を撫でさせていたのか」

「ち、違うっ！　こ、これはただ……そうっ！　耳についたゴミを取ってもらってただけだ！」

「それにしてはカイトの頬（ほお）が緩んでるけど」

　ふたりはいつも獣耳を撫でているときの顔を見ているのだ。彼女たちを誤魔化（ごまか）すことはできず、フリーゼさんは訳知り顔で、

「ティガ姉は恥ずかしがっているのだろう。手を繋ぐ男女を見ただけで赤面してたくらいだからな」

「あら、うぶなのね」

　からかうように目を細めるオルテアさんに、ティガロさんはますます顔を赤くする。

「な、何年前の話してんだよ！　わたしもう一八だぜ⁉」

「じゃあ恥ずかしくないの？」

「ちっとも恥ずかしくねえっ！　カイト、もっと撫でていいぞ！　こいつらに見せつけてやるんだ！」

「ありがと！」

　無理をしているのは明らかだけど、年長者の面目（めんぼく）を保つため、ティガロさんはふたりに見せつけたがってるんだ。獣耳に手が触れてるのに撫でないのはつらいし、お言葉に甘えさせてもらうとしよう。

「ど、どうだ、気持ちいいか？」

「すごく気持ちいいよ……ティガロさんの耳はふんわりしてて、いつまでも撫でていたい魅力があるよ……」

「い、いつまでも撫でていたいって……ず、ずっと一緒にいたいって意味かよ？」

「もちろんずっと一緒にいたいよ。あぁ、ティガロさんの耳、本当に最高だな……」

「そ、そうかよ……ま、まあ、カイトがそう言うなら、ずっと一緒にいてもいいが……」

真っ赤な顔をうつむけるティガロさん。そんな彼女の獣耳を堪能していると、ふたりが羨ましげにベッドに上がる。

「あたしの耳も好きにしていいわよ」

「カイト殿は私の耳も好きだろう？」

「うん。ふたりの耳も大好きだよ。撫でていいの？」

もちろん、と嬉しげにうなずかれ、かわりばんこに撫でさせてもらう。ああ、手が三本あればいいのに。そうすれば三人の獣耳を同時に撫でることができるのに……。

幸せな時間を堪能していると、ぐぅう、とお腹の音が響いた。オルテアさんが、おかしそうにクスッと笑う。

「すごい音ね。いまの誰？」

「わ、わたしじゃねえぞっ？」

「私だ……」

　フリーゼさんが恥ずかしそうに手を上げた。

「実を言うと、ここへはカイト殿を食事に誘いに来たのだ」

「ああ、それで廊下をうろうろしてたのね」

　フリーゼさんは一番最初に部屋に案内されていたので、僕たちがどの部屋にいるのかは知らなかった。僕の部屋に行こうとしていたオルテアさんに発見され、案内してもらったわけだ。

　僕もお腹が空いている。長旅を覚悟していたので朝食はしっかり食べたが、昼食はまだなんだ。日の傾きからして、あと一時間くらいで夕焼け空に変わるだろう。昼食にしても夕食にしても中途半端な時間だが、お腹を空かせたフリーゼさんを放ってはおけない。

「じゃあ食べに行こうか」

「飯ならモンストロが作ってくれると思うぜ」

　ベッドを出た僕たちに、ティガロさんが告げてきた。

「もてなすって言ってたろ？　あいつにできるもてなしなんて、飯くらいしかねえよ」

「モンストロ殿の料理は美味しいのか？」

興味を示すフリーゼさんに、ティガロさんは複雑そうな顔でうなずいた。

「モンストロのことは好きじゃねえが、あいつの作る料理だけは好きだった。ベルゼって爺さんに出した料理の余り物で、わたしたちのために作ってくれたわけじゃねえけど……それでも、すげえ美味かった。メイドのなかには美味すぎて泣く奴もいたくらいだぜ」

「泣くほど美味しいって……」

「それはぜひ味わってみたいものだ……」

ふたりとも興味津々といった様子。

料理の話を聞いていたら、ますますお腹が空いてきた。

ちょうどそのときだ。こんこん、とノック音が響き、どうぞ、と声をかけると、マロンさんがやってきた。

「みなさん、ここにいらしたのですね。お食事のご用意ができましたので食堂にお集まりください」

待ってましたと声を弾ませるフリーゼさんとともに、僕たちは一階の食堂へ向かう。

食堂には食欲をそそる香りが漂い、長テーブルに料理が並べられていた。

柔らかそうなステーキに、彩り豊かなサラダに、緑色が鮮やかなポタージュスープに、華やかなフルーツの盛り合わせ――

「美味しそうね！」

「これはすごいな！」

大衆食堂では見かけない美しい食器に盛りつけられた料理に、ふたりは大はしゃぎだ。

さっそく席につき、ナイフとフォークを手に取ると、キラキラと輝く瞳で料理を眺める。

そんなふたりの姿を、モンストロさんが食堂の隅から眺めている。料理人冥利に尽きる光景だろうと思いきや、彼はつらそうな顔をしていた。

料理を褒められてこんな顔をする理由がわからないし……疲れてるのかな？

「これ全部、モンストロさんがおひとりで？」

「ええ。料理はすべて私が担っています」

「これだけの料理を毎日作るのは大変でしょうに」

「料理だけは、ほかの者に任せるわけにはいきませんから」

たしかに獣人は魔法を使えないので料理にも支障が出そうだが、それなら人間を雇えばいい。それすらもしないということは、料理に対するこだわりがかなり強いのだろう。

「温かいうちにお召し上がりください。お口に合うといいのですが……」

「美味しいに決まっている！」

「さっそくいただくわ！」

「だね。いただきます」

僕は手を合わせ、まずは肉料理からいただくことに。ステーキにナイフを走らせると、ほとんど力を入れずにスッと切れた。口に運ぶと、舌の上で肉がとろける。塩こしょうも絶妙で、気づけば二口目を口に運んでいた。

「本当に美味しいですね……」

「これも美味しいわよっ」

オルテアさんに勧められ、ポタージュを口に運ぶ。

これは……ほうれん草のポタージュだろうか。クリーミーでなめらかな舌触りだった。ほうれん草の苦みはなく、まろやかで濃厚な味が口いっぱいに広がる。

「ティガ姉は毎日こんな料理を食べていたのか……」

「ものすごく贅沢な生活を送っていたのね……」

「まあ……料理に関してはその通りだな。こんな美味い飯、普通は食えねえしな」

そう言って、ティガロさんはポタージュを口に含む。モンストロさんのことを嫌ってはいるが、料理は好きみたいだ。頬を緩め、小さな声で「美味いな……」とつぶやく。

ティガロさんが屋敷に戻ることはないけれど、おもてなしは大成功だ。嬉しそうな顔をしているだろうと思いきや、モンストロさんは顔を曇らせてしまっている。

料理を褒められているのに、さっきからなぜ喜ばないんだろ？　やはり体調が優れないのだろうか。

「……どうかしましたか？」

「い、いえ、なにもっ。そうだ、ワインもありますよ」

「おおっ、ワインがあるのか！　それはぜひ飲みたい！」

「お言葉に甘えちゃおうかしらっ！」

「ふたりは密林調査があるだろ」

ティガロさんにツッコまれ、ふたりは密林調査のことを思い出したのか、がっくりした。

「せっかくモンストロさんが用意してくれたんだし、飲んでもいいよ」

明日は僕だけで調査するんだ。ここを発つ前にこっそりキュアビームを撃っておけば、二日酔いに悩まされることもない。

「カイト殿がそう言うならっ」

「飲ませてもらうわねっ」

ワインが飲めるとわかり、ふたりは嬉しそうに声を弾ませるのだった。

◆

モンストロさんの料理に舌鼓を打ったあと。

部屋のベッドでくつろいでいると、控えめなノック音が響いた。どうぞ、とドア越しに声をかけると、マロンさんがやってきた。

「おくつろぎのところ失礼します。お風呂の準備ができておりますが……カイト様はもう入られますか？」

「お風呂かー……どうしようかな」

僕の反応が芳しくなかったからか、マロンさんは意外そうな顔をした。

「カイト様は、お風呂がお嫌いでしたか？」

「嫌いじゃないよ。ただ、いつもはクリーンビーム……魔法で身体を洗ってるんだ」

「そのような魔法があるのですか？」

「あるよ。こんなふうにね」

イメージが湧かないようなので、実際にクリーンビームを撃ってみる。

日差しを遮るように手を上げ、自分自身にビームを撃つと、シャボン玉のような気泡が散布され、顔のべたつきが取り除かれた。

「これで身体の汚れが落とせるんだ」

「便利な魔法ですね……。ですが、この屋敷のお風呂も大変素晴らしいものですよ」

「そんなにすごいの？」

　はいっ、とマロンさんは夢見るような表情で、

「あんなに広くて清潔なお風呂……モンストロ様に拾っていただくまでは見たこともありませんでした。私にとってお風呂と言えば、絞った布で身体を拭くだけでしたから……。この屋敷で働かせていただけるようになってから、毎日幸せな気分を味わわせてもらっています」

　科学の代わりに魔法が発達したこの世界で、獣人には魔力がないのだ。人間にとっては便利なタッチレス水栓だが、その正体はマジックアイテム。魔力を流すことで水を生む、あるいは水を運ぶポンプの役割を果たしているが、使いこなせるのは人間だけ。獣人は、川と浴槽を何往復もして水を溜めなければならない。

　魔力があればお湯を出すこともできるが、獣人は薪をくべ、湯を沸かさないといけないのだ。そんな入浴のハードルが高いお風呂に毎日入れるとなれば、この幸せそうな表情も納得だ。

「そっか。モンストロさん、ちゃんとお風呂を準備してくれてるんだね」

「はい。清掃はメイドの務めですが、毎日夕食を作られたあと、私たちのためにわざわざ

お湯を張ってくださいます」

「マロンさんたちのために？　自分が入るためじゃなく？」

「モンストロ様は遅くまで厨房にこもり、翌日の仕込みや献立を考えておられますから。いつも遅くにご入浴されています」

「いつも遅くまでか……。たしかに疲れてそうだったね」

「はい。ティガロちゃんはああ言ってましたし、厳しい方ではあるのですが……それでも、私はモンストロ様に感謝しています。お世話になってますし、力になりたいのですが……とても料理にこだわりのある方ですから、手伝おうにも手伝えず……」

モンストロさんはいつも遅くまで厨房に引きこもり、こだわりのある料理を作っている。ティガロさんは『メイドに振る舞われる料理は余り物』と言っていたし、彼はベルゼさんのために料理をしているのだろう。

いったいなぜベルゼさんのためにそこまでするのだろうか？

「ベルゼさんって、何者なの？」

「詳しいことはなにも……。ただ、昔お世話になったとは聞かされております。そのため旦那様は三〇年、毎日欠かすことなく料理をお出ししていると」

「三〇年も……」

そんなに長いこと恩返しを継続するってことは……昔、ベルゼさんに命を救われたとかかな？

　タイミング的にスタンピードの時期と重なるし、ベルゼさんの手助けもあって追い払うことに成功したのかも。さらにその功績をすべて譲ってくれた恩返しとして、料理を提供しているとか。

　ほかに理由があるとすれば……考えたくはないけれど、弱みを握られているとか。ただ、いくら美味しいからって、三〇年も料理を要求するのは不自然だ。そうだとすると料理のためだけにベルゼさんは三〇年も遠出せず、毎日家に居続けているということになるし。常識的に考えるなら、弱みを握っていれば料理ではなく金銭を求めるだろう。

　さておき、ベルゼさんの話も気になるけど、お風呂をどうするか決めないと。クリーンビームで身体は綺麗になったけど、ちょうど暇してたところなのだ。やることもないし、せっかくだから入らせてもらおうかな。

「お風呂に案内してもらえる？」

　かしこまりました、とマロンさんに案内され、一階の脱衣所に通された。

　掃除が行き届いているようで、脱衣所には清潔感が漂っている。壁に貼られた大きな鏡には一点の曇りもなく、タイル張りの床には黒ずみひとつない。カゴに積まれたタオルは白く、まるで新品のようだった。

「ではごゆっくりどうぞ」

ぺこりと頭を下げ、マロンさんが廊下に出ていく。脱衣所のドアが閉められたところで、僕はささっと脱衣を済ませ、浴室へ移動した。

広々とした浴室には、湯けむりが立ち込めていた。小さな格子窓はあるけれど、換気が追いつかないようだ。

浴槽は大きく、まるで温泉旅館のようだ。かけ湯を済ませると、さっそく湯船に浸かり、思いきり足を伸ばす。

「ふぅ……」

気持ちよさに、思わず吐息が漏れてしまう。湯けむりが立ち込めていたので熱いかなと警戒したが、湯加減はちょうどいい。筋肉が弛緩され、疲れがお湯に溶けていくようだ。

湯船に浸かるなんて何年ぶりだろ……いつもシャワーで済ませてたからなぁ。こんなに気持ちいいなら、いつか温泉巡りしてみようかな。友達と一緒なら楽しめそうだ。

ただ……男は僕だけだもんね。

僕はなにに対しても興味を持てない人間だった。異世界に転移してからは好きなものが増えてきたけど、いまだ女性に興味を抱いたことはない。

獣耳には興味津々だが、その対象は男女を問わないので、やはり女性の身体には興味がないと言える。これから先どうなるかはわからないが、少なくとも現時点ではそうだ。そんなだから僕は混浴に抵抗感はないが、三人は違う。オルテアさんもフリーゼさんもティガロさんも年頃の女性だ。僕を慕ってくれてはいるけれど、さすがに裸体を晒すのは嫌がるはず。

タオルを巻いて入浴するって手もあるが、濡れたら透けちゃいそうだしな……。なにか確実に身体を隠す方法があるといいんだけど……

「……そういえば」

ふと前世のことを思い出す。いつだったか趣味を作ろうと夜中にテレビをつけ、深夜に放送されていたアニメのなかで、突然女性の身体が光り輝いたシーンがあった。

光源を無視した不自然な発光で、胸と下腹部が隠されていた。作中でなんの説明もない謎の光だったけど、光は光だ。ビームだって光なので、身体の一部だけ発光させることはできる。

もちろん身体が光るからって裸になることに違いはなく、年頃の女性なら恥ずかしがりそうだけど——

と、ふいに浴室の向こうから賑々しい声が聞こえ、思考が止まる。かなりの大声なので、耳を澄ますまさずとも声の主を特定できた。

ふたり分のはしゃぎ声と、それをたしなめるような声。オルテアさんとフリーゼさんとティガロさんだ。

「マロンにカイトが入ってるって言われたろ⁉　せめてタオルくらい巻けよ！」

「裸じゃないとせっかくの風呂を楽しめないのだ！」

「ひさしぶりのお風呂だものね！　楽しみたいわよね！」

「カイトが上がってからにしろよっ！」

「みんなで入ったほうが楽しめるに違いないのだ！」

「待っててねカイト！　いま行くから！」

マロンさんに僕の居場所を聞いて、酔った勢いで来たのだろう。お風呂に入ろうとするふたりを、ティガロさんが必死に止めようとしているようだ。

ティガロさんはあまり飲んでなかったけど、ふたりはべろべろに酔っ払うまでワインを楽しんでたからなぁ。

ばーん、と浴室のドアが開け放たれた。

「おおっ、広いな！」

「泳げそうねっ！」

ふたりとも生まれたままの姿だ。僕に裸体を晒しているのに、まるで気にする素振りを見せない。素面でこんなことをするとは思えないし、酔いが覚めたらものすごく恥ずかしがりそうだな……。

裸は見ていないと信じてもらうためにも、さっき思いついた方法を試してみよう。

「えっ⁉　フリーゼが光ってる⁉」

「そういうオルテア殿こそ！」

ふいに胸と下腹部が光り輝き、ふたりは目を見開いた。笑い上戸だからか、面白そうにぺたぺたと光に触れている。

僕がビームを撃ったんだ、と説明しつつ、光り輝く光線――シャインビームを自分にも放ち、混浴の準備を整える。

「カイト殿、クリーンビームを頼む！」

洗い場には石けんがあるけれど、クリーンビームのほうがさっぱりするからだろうか。フリーゼさんたちにビームをおねだりされた。

ふたりの身体にクリーンビームを放ち、バブルシャワーで身体を清潔にしたところで、水飛沫が上がった。ふたりが湯船に飛び込んだのだ。温かなお湯に全身が包まれ、気持ちよさそうに表情をとろけさせている。

「な、なあ」

ふと声が聞こえてきた。ティガロさんがドアの隙間からこちらを覗き見ている。

「そのビームって……服の上から使っても効果あるのか？」

「あるよ。ティガロさんも入りたいの？」

「ま、まあ、わたしだけひとりで入るのは寂しいし……」

恥ずかしそうにぼそぼそしゃべるティガロさんに、僕はシャインビームを放つ。すると
メイド服の胸元がうっすらと明るくなった。

ティガロさんは一度引っ込み、ややあって遠慮がちに入ってくる。胸と下腹部は、眩い
光に覆われていた。

とはいえ裸であることに変わりはなく、ティガロさんは手で胸と下腹部を隠している。

そんなティガロさんにふたりが笑みを向け、

「ティガ姉も早く入るといい！」

「すっごい気持ちいいわよっ！」

明るく声をかけられ、ティガロさんは勇気を振り絞るように手を放した。

「こ、これ、カイトにも見えてない……よな？」

「ちゃんと隠れてるよ」

「そ、そか。安心したぜ。……ちなみに、カイトの身体も光ってるよな？」

「ピカピカだよ」

ならいいんだ……、とティガロさんは安堵のため息を吐き、かけ湯を済ませると、僕にクリーンビームを頼んできた。

全身にバブルシャワーを浴び、遠慮がちに湯船に入る。その頃には、すっかり顔が赤くなっていた。

そんなティガロさんを見て、ふたりがおかしそうに笑う。

「ティガ姉、顔が真っ赤だな！」

「恥ずかしいのねっ！」

「お前らも酔いが覚めたらわたしの気持ちがわかるからなっ！　覚悟しとけよ！」

ふたりにからかわれ、ティガロさんはますます顔を赤らめつつ、そう言い返すのだった。

◆

すっかり夜の帳が下り、月が煌々と輝く頃――。

「とんでもない過ちを犯してしまった……」

「過去に戻れるなら自分を叩きたいわ……」

カイトの部屋に集まって談笑しているうちに酔いが覚めてきたのだろう。全裸で浴室に突撃したことを思い出したのか、オルテアとフリーゼは頭を抱えてうなっていた。

ティガロはあきれたようにため息を吐く。

「だから止めたろ。あとでぜったい後悔するって。ちゃんと年上の言うこと聞かないから、恥ずかしい思いをするはめになるんだ」

「私はなぜティガ姉の言うことを聞かなかったのだ……」

「殴ってでも止めてほしかったわ……」

「友達を殴れるわけねえだろ……。これに懲りたら酒はほどほどにするこったな」

「あたしだって、今日はほどほどにするつもりだったわ。明日は密林調査だもの。だけど……あのワイン、美味しすぎたのよ……」

「香りから違ったものな……グラスに鼻先を近づけた瞬間にブドウの爽やかな香りがして、甘みは強いのに後味はさっぱりしていて……」

「これで終わり、これで終わりって言い聞かせてはいたんだけど、ついついごくごく飲んじゃったのよね……」

「意志弱えな……」

「ティガ姉の意志が強すぎるのだ」

「一杯で我慢できるなんて、さすが一八歳は違うわね」

「歳は関係ねえ気がするが……」

　オルテアがどうかはわからないが、ティガロが知る限り、フリーゼはもっと意志が強い女だった。

　一四歳になったその日に独り立ちして、冒険者になったと聞かされている。元々彼女はティガロとふたりで冒険者になろうとしていた。ティガロがメイドになったのだから諦めそうなものなのに、フリーゼは本当に冒険者としてデビューしたのだ。

　けっきょく冒険者ではろくに稼げず、酔っ払いに賭けを挑んでいたらしいが、それも『ぜったいに勝つ』という強い意志がなければできない。

　なのにいまでは酔っ払って浴室に突撃する始末……。

（きっとカイトの影響だろうな）

　カイトは本当に頼りがいのある男だ。彼がそばにいるから甘えてしまい、意志が弱々になったのだろう。

　いいことだ、とティガロは思う。酒を飲みすぎるのは心配だが、甘えられる相手がいるのは幸せなことだから。

もっとも……

「酔っているからといって、裸で浴室に突撃するとか最悪なのだ……。カイト殿、記憶を消せるビームはないか？」

今現在のフリーゼは、不幸せそうにしているが。

ないんじゃないかな、とカイトは苦笑しつつ、ふたりをなだめるように続ける。

「そもそも、僕はふたりの裸は見てないよ。すぐにビームで隠したからね」

「むぅ？　そうだったか？」

「身体が光るまで、ちょっと間があったような気がするんだけど……気のせいかしら？」

「気のせいだよ。だいたい、考えてみてよ。もしふたりの裸を見ていたら、こんな冷静に話せてないよ」

「どうして？」

きょとんとするふたりに、カイトはにこやかに告げる。

「ふたりが可愛いからだよ。そんな女性の裸を見たら、いまごろ僕の顔は真っ赤になっているはずだよ」

突然可愛いと言われ、ふたりは照れくさそうに頬を染めた。

「ほ、ほんと？　あたし可愛い？」

「獣耳ではなく、私が可愛いのか？」

「可愛いよ。僕があと一〇歳くらい若ければ、気を引こうと頑張ってたんじゃないかな」

「カイトは若いわ！　一六歳くらいに見えるわ！」

「オルテア殿の言う通りだ！　カイト殿は私と同い年にしか見えないぞ！」

「ありがと。若く見えるなら嬉しいよ」

　カイトが機転を利かせてくれたおかげで、オルテアたちは明るい顔を取り戻してくれた。今日の反省を活かして飲みすぎも控えてくれるだろうし、結果オーライだ。

「安心したら眠くなってきちゃったわ」

「今日は早起きしたものな。明日も早いし、そろそろ寝るとしよう」

「そうね。密林でなにも起きないといいけど……」

「デビルフライに襲われないことを祈るしかあるまい……」

　ふたりは不安そうな顔をする。実を言うと、ティガロはカイトから『調査は僕ひとりでする』と聞かされているが、ふたりには秘密にしたいらしい。調査を怖がっているものの、カイトだけに危ない思いはさせたくない、と同行したがるだろうから。

　ふたりとも子どもではないのだ。言えばわかってくれるだろうが、そうするとカイトが戻ってくるまで不安に駆られることになる。だからカイトは明朝発ち、ふたりが目覚める前に帰ってくるそうだ。

もう夜更けけ。おまけに酒を飲んだので、誰かが起こさない限り、ふたりとも明日は昼頃までぐっすりだろう。

「おやすみ、みんな」

おやすみー、とみんなでカイトに告げ、ティガロたちは薄暗い廊下に出た。ふたりとは廊下で別れ、ティガロは自分にあてがわれた部屋へ入ろうとして……

「……ん？」

視線を感じて振り返る。……長い廊下の奥は暗闇に飲まれ、人影を見つけることはできない。

気のせいだろうと目を逸らし、ティガロは部屋に入った。

（……暗いな）

窓からは月明かりが差し込んでいるが、さっきまでカイトの部屋にいたので暗く感じる。こんなに暗い部屋はひさしぶりだ。カイトの家ではいつも寝る直前にわざわざ明かりを落としに来てくれるから。

モンストロは一度もそんなことしてくれなかった。

厨房と浴室は遅くまで明かりが灯っているが、メイドの部屋は夜になると真っ暗だ。

とはいえひとり一部屋あてがわれ、部屋には清潔なベッドがあり、毎日美味しいご飯と綺麗なお風呂を楽しめて、月末には金貨二枚を受け取れる。

カイトのほうが優しいのは疑いようがないけれど……

（モンストロは……そんなに悪い奴じゃないのかもな）

マロンに手を上げたことは許せないが……本人は気にしておらず、モンストロも謝罪をしたと言っていた。

短気ではあるが苛々しがちなのは寝不足だからで、寝不足なのは料理で忙しくしているから。健康を害してまで作る料理を、余り物とはいえメイドたちに振る舞っている。

雇われた当初は痩せこけていたメイドたちも、数ヶ月が過ぎる頃には健康的な見た目になっていた。

（わたしに謝るためにわざわざ王都まで使いを寄こして、しっかりもてなしてくれたんだ。あいつのおかげで親にも仕送りできたし……モンストロを目の敵にするのはやめとくか）

そう自分の気持ちに整理をつけ、ティガロはベッドに入った。さっきまで盛り上がっていたのでなかなか眠くならなかったが、しばらくするとじわじわ眠気が訪れ、ティガロは眠りにつき――……

「――ッ」

次の瞬間、意識が覚醒する。

突然腹部に重いものがのしかかり、口を圧迫された。パニックになりつつ目を見開いたティガロの視界に飛び込んできたのは、右手にナイフを握りしめたモンストロの姿だった。

「んんーっ⁉」

月明かりで光るナイフを目にした瞬間、顔から血の気が引いていく。必死に逃げようと身じろぎするが、モンストロはびくともしない。凄い力で口を押さえられ、痛みと恐怖に涙が滲む。

「す、すまないティガロ、死んでくれ……」

「んんーっ！　んんーっ！」

「すまない……すまない……！」

モンストロがナイフを振り上げた。ティガロはぎゅっと目を瞑る。一秒が過ぎ、二秒が過ぎ、三秒が過ぎ……

一向に痛みが訪れず、怖々と目を開く。

モンストロは顔をぐちゃぐちゃに歪め、いまにも泣きそうな表情をしていた。高く振り上げられたナイフは小刻みに震え、そして――

「む、無理だ……殺すなんて、できない……」

か細い声とともに、モンストロの右手がだらりと下がり、ティガロの口を押さえていた左手から力が抜ける。

ティガロは咄嗟にモンストロを突き飛ばすと、転けそうになりながらも部屋を駆け抜け、ドアに体当たりするように廊下に飛び出して――

「カイトーっ！　カイトーっ！」

頼りになる男の名を叫びつつ、二つ隣の部屋に飛び込んだ。

《第四幕　南の魔王(まおう)》

その日の深夜。

「カイトーっ！　カイトーっ！」

廊下から切迫(せっぱく)した叫び声が響(ひび)き、僕は何事かと目を覚ます。ドアが開け放たれたのは、身体を起こしたのと同じタイミングだった。

部屋に飛び込んできたティガロさんは、そのままベッドに飛び乗ってきた。

「た、助けてくれ！」

僕の首に抱きつき、すがるような悲鳴を上げる。華奢(きゃしゃ)な身体は小刻みに震え、その声は不安と恐怖でいっぱいだった。

「怖い夢でも見たの？」

背中をさすりつつたずねると、彼女はドアを指さした。

「モ、モンストロが……わ、わたしの部屋に来て……」

「……謝りに？」

謝りに来られて怯えるのも変な話だけど、寝ているときに突然押しかけられると怖くもなるだろう。が、モンストロさんはべつの用件で来たらしく――

「ち、違う！　あ、あいつ、わたしを殺そうとしてた……」

「殺そうと⁉」

それは予想もしていなかった。屋敷前でモンストロさんがティガロさんに謝罪する姿は、いまでも目に焼きついている。あんなに贖罪の気持ちを露わにしていたのに殺そうとするなんて、にわかには信じられない。

だけど、ティガロさんがこんな嘘を吐くとは思えない。いくらモンストロさんを嫌っていても、嘘を吐いてまで貶めようとするような意地の悪い女性じゃない。

ティガロさんの発言が真実だとすると、犯行動機は復讐だろう。解雇する際に許せない発言をされ、謝罪を理由に屋敷に招き、殺す機会を虎視眈々と狙っていたのだ。

もちろん、これは僕の邪推に過ぎない。モンストロさんの話を聞かずに決めつけるのは早計だ。判断するのはモンストロさんの話を聞いてからでも遅くはない。

「モンストロさんは、まだ部屋に？」

「わ、わかんねえ……逃げたかもしれねえし、わたしが戻ってくるのを待ってるかもしれねえ……」

「じゃあ僕が様子を見てくるよ」

「で、でもあいつ、ナイフ持ってたぞ……？」

僕を危険な場所に行かせたくないのだろう。ティガロさんが首を抱く手に力を込める。

そんな彼女の肩に手を添え、僕は力強く告げた。

「平気だよ。僕は強いからね」

「で、でも……わたしのせいでカイトが刺されるとか……そんなの、ぜったい嫌だぞ？」

「心配しないで。刺されたりしないから」

彼女の気持ちを静めるように語りかけると、手の力が緩んだ。ティガロさんからそっと
離れると、僕は警察官が持っているような長方形の盾——シールドビームを生み出した。

廊下に出ると、暗がりのなかにオルテアさんとフリーゼさんが立っていた。ふたりとも
先ほどの悲鳴に飛び起き、僕の部屋に来ようとしていたらしい。

「ね、ねえ、さっきの悲鳴なに？」

「ティガ姉の声に聞こえたが……なぜカイト殿の名を叫んでいたのだ？」

「ティガロさんがモンストロさんにナイフで襲われたらしいんだ」

シールドビームに照らされたふたりの顔が、ぎょっと強ばった。

「モンストロ殿に襲われた!?」

「ティガロは無事なの⁉」

「怖がってはいるけど、怪我はなさそうだったよ」

　ふたりは胸を撫で下ろすと、不安そうにシールドビームに視線を向ける。

「その盾……モンストロと戦うの？」

「相手の武器がナイフだけなら、私でも力になれるが……」

「僕だけで平気だよ。それより、ふたりはティガロさんのそばにいてあげて。僕の部屋で怯えてるから」

　オルテアさんたちはうなずき、怪我だけはしないでね、と僕に告げて部屋に入っていく。

それを見届け、僕は廊下からティガロさんの部屋を覗き込んだ。

　開け放たれたドアの向こう――月明かりに照らされたベッドの上で、モンストロさんはうずくまっていた。その傍らには果物ナイフが転がっている。

　壁に埋め込まれたパネルに魔力を流すと部屋がパッと明るくなり、モンストロさんは、ゆっくりと顔を上げる。その顔はぐちゃぐちゃに歪んでいた。

「け、剣聖様……ど、どうか、どうかお助けください……」

　モンストロさんはベッドから転がるように下り、床に手をつく。僕を油断させるための演技……には見えない。ナイフはベッドに置きっぱなしだし、元々不健康そうではあったけど、いまの彼は憔悴しきっている。これは心から助けを求めている顔だ。

「事情を聞かせてください」

盾を消しつつ、彼にたずねる。

僕はティガロさんを助けに来た。なのにティガロさんを殺そうとしたモンストロさんが、なぜ僕に助けを求めるのか……。事情がさっぱりわからない。

「じ、実は――」

「カイト殿、無事か⁉」

心配してくれたのだろう。モンストロさんが口を開いたところで、フリーゼさんが廊下から問いかけてきた。ふたりも一緒だ。フリーゼさんの背中から部屋の様子を窺っている。

「モンストロさんに敵意はなさそうだよ」

安心させるためにそう告げたが、ティガロさんは不安そうな顔のままだ。

「隙を見て襲いかかってくるんじゃねえか……?」

「そ、そんなことはしない……本当にすまなかった……」

床に頭をこすりつけるモンストロさんだが、ティガロさんは疑いの目を緩めない。

「昼も同じことを言ってただろ。あれもわたしを油断させるための演技だったんじゃねえのか?」

疑惑を突きつけられ、モンストロさんは顔を上げた。心苦しそうな表情で懺悔の言葉を口にする。

「本当にすまない……あのときはティガロを殺すしかないと思っていたのだ……。だが、無理だった……私には誰かを殺すなんて……そ、それも、私の料理を美味しそうに食べてくれた子どもを殺すなんて……で、できない……」

力ない声で謝罪する姿は、とても演技をしているようには見えず……。ティガロさんは疑いの目を向けながらも、その姿に戸惑っているようだった。

「け、けどお前、獣人相手ならなにをしても許されるって思ってんだろ？　わたしを解雇するとき、そう言ってたじゃねえか」

「あ、あのときはワインを落とされて気が立っていたのだ……。酷いことを言って申し訳ないと思っている……」

当時の状況はわからないけど、モンストロさんは酷く後悔している様子だ。

「ティガ姉が疑いたくなる気持ちはわかるが、まずはモンストロ殿の話を聞いてみるべきでは？」

「そうね。彼がどういう人間かは、それを聞いてから判断しても遅くはないわ」

ティガロさんをなだめるふたりに、僕は同意を込めてうなずき、あらためて質問する。

「さっき僕に助けてって言ってましたよね。事情を聞かせてくれませんか？」

「そ、それは……」

打ち明けるのに勇気がいることなのか、モンストロさんはしばらく黙り込み……そして、震える声で言った。

「この町は、次の満月の日にスタンピードで滅びるのです……」

スタンピードだって⁉

「デビルフライに動きがあったんですか？」

「い、いえ、まだ密林に留まっているかと……ですが、このままでは町はデビルフライに飲み込まれてしまいます……」

「なぜそう言い切れるんですか？」

「そ、それは……ベルゼ殿の怒りを買ってしまうからです」

ベルゼさんというと、屋敷の近くに住んでいるお爺さんだ。二年間も給仕として食事を届けていたティガロさんは、戸惑うように目を丸くする。

「たしかに気難しそうで怒ると怖そうな爺さんだったが、頑張ればわたしでも勝てそうな年寄りだぜ？　そんな爺さんとスタンピードがどう関係するんだよ」

ティガロさんの疑問に、モンストロさんは周囲に目を向ける。そして、誰かに聞かれる

のを怖れるように、押し殺すような声で打ち明けた。

「ベルゼ殿は……ハエの王だからだ」

「ハエの王⁉　あの爺さんが⁉」

「ハエの王って、デビルフライを率いてるっていうアレよね⁉」

「別名を南の魔王とも言う、Ａ級魔物か⁉」

僕は国王様から聞かされるまで知らなかったが、ハエの王は常識的な知識らしい。それほどまでに、この世界では——特に大陸南部では恐ろしい存在なのだろう。

「け、けどよ、わたしは給仕として二年も見てきたが、全然魔物には見えなかったぜ？」

「ブラドもそうだったわ」

「嫌な男ではあったが、魔物であるとは思いもしなかった」

「強力な魔物になるほど知能が高くて、人間みたいに振る舞うらしいからね。ぼろを出さない限り見抜くのは不可能だよ」

「だ、だったら、モンストロはどうやって見抜いたんだ？」

「私は……見抜いたわけではない。最初から知っていたんだ」

モンストロさんが言うには、ベルゼとの出会いは三〇年前のことらしい。

飲食店を出すための開業資金を貯めるために、料理人として冒険者に同行した際、森で野営をしたそうだ。

モンストロさんの料理には肉が入っておらず、冒険者たちに狩りをしろと脅され、森に踏み込んだ。しかし動物を狩ることはできず、野営地に引き返したところ、冒険者たちは惨殺されていたらしい。

空は数え切れないほどのデビルフライに埋め尽くされ、死体の傍らにはベルゼがいた。その際にデビルフライを率いていると——ハエの王だと明かされたのだ。

そしてベルゼは命乞いをするモンストロさんの料理を気に入り、取引を持ちかけてきたらしい。

「ベルゼ殿は……ベルゼは、穏やかな暮らしと美食を望んでいた。それを提供するならば、私の望みを叶えると……」

「なにを望んだんですか？」

モンストロさんは後悔するように目を伏せ、

「私は……開業資金を貯めるためとはいえ、他人に媚びる生活にうんざりしていました。だから、偉くなれば誰にも媚びずに済むと考えて……ベルゼに頼み、デビルフライを追い払う演技をしたんです」

その結果、彼は町を救った英雄になり、町長になった。そこまでは彼の望み通りだが、それから三〇年、毎日ベルゼに媚び続けて生きてきたのだ。

皮肉な話ではあるけれど、どのみちお金持ちにならないと、ベルゼに穏やかな暮らしと美食を提供することはできないんだ。

ベルゼの提案を断れば殺されていたし、自業自得だと責めることはできない。

「そうか。それで料理に合うワインを落としたとき、あんなにキレてたんだな。ベルゼに機嫌を損ねられたら町が滅ぶから……」

「ああ、そうだ……。マロンに手を上げたことは、本当に悪いと思っている。……だが、二度と同じことをしないように、きつく注意しておかなければならなかったのだ」

そうでなくても、三〇年もベルゼに怯え続けてきたのだ。いつ殺されるかもわからない生活に精神がすり減り、ストレスが溜まり、メイドさんにきつく当たってしまう気持ちはわからなくもない。

そしてきつく当たってしまうからこそ、人間ではなく獣人ばかり雇ったのだろう。人間相手に手を出せば大事になり、町長の座から失脚してしまえばお金がなくなり、ベルゼに毎日美食を届けることができなくなってしまうから。

「事情はわかりましたが、どうして逃げなかったんですか？」

モンストロさんひとりなら遠くへ逃げることもできた。約束を破れば町は滅ぼされるが、モンストロさんはベルゼの恐怖から解放されることになるのに……。

「できるわけがありません。私の故郷は、スタンピードで滅びたのですから。父が、店が、友人たちが、まるで最初から存在していなかったかのように消えていたのですから……。もう誰にも同じ思いはしてほしくありません」

ですが、と救いを求めるように僕を見る。

「も、もう私も限界です。これ以上、こんな生活には耐えられません。見下されてもいいです。スタンピードが自作自演だったと公表し、町長から失脚しても構いません。貧しくてもいい……昔みたいに楽しく料理できれば、それだけで満足です……」

「公表はしませんよ。スタンピードが自作自演だったとしても、モンストロさんが三〇年町を守り続けてきたのは事実なんですから」

ベルゼのおかげでいまの地位に就けたのは事実だが、穏やかな暮らしと美食を提供するにはどのみち富を得る必要があった。

魔物をかくまっていたと言えば聞こえは悪いが、裏切ればスタンピードが発生するのだ。ギルドに相談してもベルゼを退治できる保証がないのでは、モンストロさんにできるのは料理を作り続けることしかない。

ただ、彼を見捨てるつもりはないが、その前に聞かせてほしいことがある。ここまでの話を聞くに、ティガロさんが殺されなければならない理由が見当たらないのだ。

「なぜティガロさんを殺そうとしたんですか？」

「それは……」

モンストロさんは、ティガロさんを一瞥（いちべつ）する。そして言いづらそうな顔で、

「次の満月の晩……月光祭で、ティガロの肉を出せと命じられたからです」

「わ、わたしの肉を……？」

「あ、ああ、そうだ……。私の料理は代（か）わり映（ば）えがしないと言われ、三〇年ぶりに人肉を食べたいと言われ……最近まで給仕を務めていた美女の……ティガロの肉を使えと。そう命令されたのだ」

理由を聞き、ティガロさんは顔を青ざめさせる。

「だ、だからわたしを屋敷に招いたのか。わたしを殺して、料理するために……」

「そのつもりだったが……できなかった」

「……油断させて明日にでも殺すつもりじゃねえよな？」

たしかに満月の晩までは時間があるのだ。ティガロさんを殺すチャンスはないわけではない、けど……

「それはないよ」

「ど、どうして信じられるんだ？」

「殺すつもりなら『油断を誘う』なんて遠回りなことをせずに、さっき殺してたはずだよ。それにモンストロさんは三〇年、たったひとりでベルゼから町を守ってきたんだ。そんなひとに人殺しができるとは思えないよ」

「あたしも同意見よ。やろうと思えば料理に毒を盛ることもできたのにそうはしなかったってことは、『殺さなくちゃいけないけど殺したくない』って葛藤してた証拠だもの」

「ティガ姉を襲ったことは許せぬが……幸い怪我はないのだ。いま憎むべきはモンストロ殿ではなく、ベルゼだと私は思う」

「まあ……お前らがそう言うなら、こいつの言葉を信じるけどよ」

「あ、ありがとう、ティガロ……怖い思いをさせてすまなかった……」

「もう謝らなくていい。それよりいまはベルゼをどうするかだ。こっそり町の住人を避難させようにも、事情を話せばパニックだしな。ベルゼにも勘づかれちまうだろうし……」

「僕が倒すよ」

「カイトが強いことは知ってるよ。B級の魔物をさくっと倒して帰ってくるし、ブラドを倒して王都を守ったとも聞いてるし。……けどよ、相手は南の魔王だぜ？　勝てる保証はねえよ……。それに、もしカイトが負けちまったら、ベルゼが怒ってスタンピードを発生させるかもしれねえし……」

「そうなるだろうな……。ベルゼは穏やかな暮らしを望んでいるのだから。自分の正体を知る者は、生かしてはおかないだろう。町ごと滅ぼしてしまうはずだ」

「しかし、ではどうしろと言うのだ？」

「カイトひとりを危険な目には遭わせたくないけど、カイト以外にA級魔物を倒すなんて無理よ」

わかってる、とティガロさんは声を震わせ、だけど、と続ける。

「それでも、万が一ってこともあるだろ？　だったら、より安全な策を取るべきだ」

「安全なって……」

僕はハッとする。

「まさか自分を犠牲にするつもりじゃないよね？」

「あ、ああ、そのまさかだ。ベルゼはわたしを食いたいんだろ？　わたしが食われれば、みんなはこれまで通り平和に暮らせるんだろ？　だったら――」

「そんなことさせないよ！」

友達を生け贄になんてぜったいにさせない！　そんなことで危険を回避できても嬉しくない！

　ベルゼを倒して、これからもみんなで楽しく暮らすんだ！

「僕は負けないから。ぜったいに勝って、みんなを守ってみせるから！」

「そうよ！　カイトはすっごく強いもの！　ぜったいに倒せるわ！」

「カイト殿は無傷でブラドを倒したのだ！　ベルゼにも勝てるに決まっている！」

　僕たちが明るく告げると、ティガロさんの目から涙が溢れた。みんなを心配させまいと気丈に振る舞っていただけで、本当は生け贄になるなんて怖いに決まっている。

「た、頼む、倒してくれ……わ、わたし、食べられるとか嫌だ……」

　我慢していた恐怖がどっと押し寄せたのか、ティガロさんは力が抜けるようにその場に座り込んでしまった。

　任せて、と笑みを向け、みんなにメイドさんたちを起こして町へ避難するように告げ、僕たちは行動を開始したのだった。

◆

　オルテアさんたちが屋敷から町へ避難するのを見届けた僕は、ベルゼの家へと向かう。

　念のため接近に気づかれないようライトビームは生み出さず、月明かりを頼りに歩いていき、断崖絶壁に古びた灯台を発見する。

老朽化で捨てられた灯台だ。灯台は火を消した蝋燭のように闇に佇み、併設された家の窓にも明かりは灯っていなかった。

「いまのうちに……」

僕は腰に両手を添えた。そこに光を溜めていく。

相手はA級魔物だ。まともに戦えばブラド戦と同じように被害が拡大してしまう。不意打ちはズルいけど、眠っているいまなら被害を出さずに葬れる。

手のなかの光が一〇センチほどに膨らみ、デスビームで家ごと吹き飛ばす――

「――美しいな」

寸前、無機質な声が降ってきた。

咄嗟に見上げると、一〇メートルほど上空に人影があった。灰色がかった白髪をオールバックにまとめた、燕尾服姿の老人――。屋敷を出る際にティガロさんから聞かされた、ベルゼの外見そのものだ。

「デスビーム！」

彼の正体がベルゼだと察した瞬間、すかさず青白い光線を放つ。手から『く』の字型に広がった極太ビームがベルゼを飲み込み――

「――ますます美しい。まるで月光のような輝きだ」

前方から感情の感じられない声がした。すぐさま目線を落とすと、一〇メートルくらい向こうにベルゼが佇んでいた。

デスビームを避けられたのははじめてだ。一瞬たりとも目を離したつもりはないが……強烈な閃光に目が眩んだ瞬間に避けたのだろう。あの一瞬で回避するとは凄まじい速度だ。手を動かせばビームの軌道を変えられるが、避けられるのは目に見えている。だったらまずは動きを封じたほうがいい。

デスビームを消し、同時にベルゼをシールドビームで包み込む。

青白い薄膜に包まれたベルゼは内側から光に手を伸ばした。バチッと指先が弾かれる。

「無駄です！　そこからは出られません！」

「そのようだな」

脱出できないのを認めながらも、ベルゼは余裕の態度を崩さなかった。ブラドは『この忌々しいシールドを消せ』と取り乱していたのに、なぜこんなに落ち着いてるんだ？

まさかデスビームを避けたのは超スピードじゃなく、テレポートだったりするのかな？　だとするとシールドは意味をなさないが、脱出できるなら脱出しているはず。つまり彼は自力では脱出できないということになるが……だったらなぜ焦らないんだ？

「なぜ黙っている？　吾輩に話があって来たのだろう？」

冷酷な目つきで僕を見据え、ベルゼが淡々と問うてくる。話ではなく倒しに来たのだが、
そもそもなぜ彼は外にいたんだ？　月を見るため？　夜風を浴びるため？　それとも……

「僕に気づいて、家から出たんですか？」

「屋敷に放っていた虫が、訪問者が迫っていると知らせに来たのでな。家に踏み込まれる
前に、吾輩自ら会いに来てやったのだ」

「屋敷の、虫……」

ふいに耳元で羽音が響いた。僕を横切ったハエは青白いシールドに突っ込み、弾かれる。

そういえば屋敷を出る際も羽音が聞こえた気がする。まったく気にも留めなかったが、
あれはベルゼの手先だった――ベルゼが操れるのはデビルフライだけじゃなかったんだ！

……とはいえ、家ごと吹っ飛ばす作戦は失敗したが、シールドビームに閉じ込めたのだ。

いわばベルゼは虫かごに捕らわれた虫のようなもの。ベルゼが不利な状況に置かれている
ことに変わりはない。

なのに落ち着いているのは不自然だ。形勢逆転できる奥の手を持っているのだろうか。

だとすると、なぜいまそれを使わないのだろう。

ここからベルゼを倒すのは簡単だ。ブラドを倒したのと同じように巨大なデスビームで

飲み込み、シールドを解除すればいい。

だけど、ベルゼにはこの状況を打破できる奥の手があるかもしれない。いますぐに使わないのは、僕が隙を見せるのを待っているからかもしれない。

デスビームを撃てば強烈な閃光が迸り、さっきみたいに目が眩んで隙が生じてしまう。ベルゼはそれを待っているのかも。

考えすぎかもしれないが、相手はA級魔物だ。デビルフライを操る以外に、どんな力を秘めているかわからない。

デスビームを放つ前に、ベルゼの手の内を探る必要がある。

「ときに貴様、冒険者か？」

ベルゼが問いかけてきた。

「そうだと言ったらどうします？」

「いますぐに吾輩をここから出すべきだと忠告する」

それは自力で脱出できないと認めているようなものだ。なぜ自ら不利になる発言をするのだろう。あるいは、この発言は僕を油断させるための罠なのだろうか。

「なにをしている。早く出せ。でなければ後悔するぞ」

「なぜ僕が後悔を？」

「貴様は冒険者なのだろう？　吾輩をハエの王と知りながらここへ来たということは、大方モンストロに泣きつかれたのだろう？」

「だとしたらなんですか」

「他人の頼みを聞き入れ、危険を冒すくらいだ。そんな冒険者が町に住む人間を見殺しにできるとは思えぬのでな」

なにを言っているんだ？　ベルゼを取り逃がしたほうが町に被害が及ぶのに……。

「貴様は吾輩を倒せばそれで終わりだと思っているのだろうが、そうはいかんぞ。吾輩が死ねば、デビルフライを制御する者がいなくなるのでな」

ベルゼが死ねば、密林に留まっている無数のデビルフライが各地へ散らばるということだろうか。

「だったらあなたを閉じ込めたまま、先にデビルフライを殲滅します！」

「無理だ。貴様は吾輩の動きに対応できていなかったのでな。吾輩に匹敵する速度を誇るデビルフライには追いつけまい」

ジェットビームなら追いつける自信があるが、相手は一〇〇〇〇匹を超えるのだ。空を飛び交うデビルフライをまとめて相手にするのは難しい。

だけど――

「密林に留まっているなら、まとめて駆除することはできます！」

デスビームを極限まで溜めれば広範囲を一掃できる。手を動かせばビームの軌道も変化するので、一〇〇〇〇匹とはいえ駆除することは可能だ。

「人間にそんな魔法が使えるとは思えぬが、いずれにせよ貴様にデビルフライを一掃することはできぬ。人間の耳では感じ取れぬだろうが、吾輩の鼓動には、羽虫を惑わせる力があるのでな。吾輩を救うべく、デビルフライはすでに進軍を開始している」

生物が聞き取れる周波数には限界がある。

たとえば高音は歳を重ねるにつれて聞こえづらくなり、モスキート音と呼ばれる非常に高い音を流すことで、夜中にたむろする若者を追い払ったという事例もある。

ベルゼはそれと同じように人間には感知できない音を放っているのだ。しかもその音は一〇〇キロ離れた密林にも届き、雄コオロギが誘引歌で雌コオロギを引き寄せるように、羽虫を惑わせる力を持っているらしい。

遠方にいるデビルフライすらも引き寄せ、惑わせる魅惑の心音――。生命活動を続ける限り常に発動し続けるそれこそがベルゼの奥の手だった。ただ立っているだけで、無数のデビルフライが助けに駆けつけてくれるため、捕らわれながらも余裕を崩さなかったのだ。

「この鼓動を聞いた羽虫は、すべて吾輩の奴隷と化す。ハエが吾輩のために貴様の接近を知らせたように、デビルフライが吾輩を守りにやってくる」

　まさにハエの王と呼ぶに相応しい力だ。この三〇年間ほかの町を襲わせず、密林に待機させていたのは、有事の際に自分を守らせるためだったのだ。

　しかし逆に言うと、それはベルゼの弱さを意味している。

　一〇〇キロとはいえ、スピード自慢のデビルフライにしてみれば目と鼻の先なのだろう。すぐに駆けつけられる場所にデビルフライを待機させているのは、自分の力に自信がないから。スピードは厄介だが、ベルゼにシールドを打ち破るほどのパワーはない。

　つまり僕はいつでもベルゼを倒せるのだが……厄介なことに、倒したくても倒せない。

　デビルフライが港町に向かっているのは、ベルゼの指示だから。彼が死ねばその指示も消え、方向転換するかもしれないが……一〇〇〇〇匹を超えるデビルフライが国中に散らばれば、甚大な被害が出てしまう。

　かといって、ベルゼをシールドから解放することもできない――

　バチッ！　バチッ！

　頭を悩ませる僕の耳に、静電気のような音が届いた。ベルゼを覆うシールドに、さっきからハエがぶつかっているのだ。

　弾かれるのに何度も何度も体当たりして、やがて力尽きたのか地に落ちてしまう。

「ようやく死んだか」

ベルゼが鬱陶しげに独りごちる。

それを耳にした瞬間、名案が閃いた。そうと決まれば急がないと——

ブウウウウウウウウウン！

と、不気味な羽音が響き渡る。夜空は月明かりで青みがかっているが、密林のある方角だけが——西の空だけが真っ暗闇に覆われていた。

デビルフライだ！

「さあ、冒険者よ。町を守りたければ、吾輩を解放するがいい！」

勝ち誇るようなベルゼに言葉を返さず、僕は高台から港町を見下ろした。かつて王都を守ったのと同じ要領でシールドビームを展開する。町の中心部を起点として青白い薄膜がパラソル状に広がっていき、ドーム型のシールドが港町全域を包み込む。

「美しい。まるで地上に現れた満月だ」

「ずいぶん余裕そうですね」

「当然だろう。貴様の命も町の命運も、すべては吾輩が握っているのだから」

「それはどうでしょうか」

「……なに？　どういう意味だ？」

僕の余裕な態度が気がかりなのか、ベルゼが無機質な表情を崩した。

それとタイミングを同じくして、一〇〇メートルほど頭上をデビルフライの大群が通過する。

凄まじい羽音で耳が痛む。さらに突風が吹き、砂埃で目が痛むが、被害はそれだけだ。

デビルフライは僕を気にせず、港町に突っ込んでいき――

バチバチバチバチバチバチバチッ！　と、シールドに群がっては弾かれるを繰り返す。

「思った通り、僕には目もくれませんね」

「吾輩が町を襲えと命じているからだ。命令を上書きすれば、すぐに貴様を襲う。さあ、死にたくなければ吾輩を解放しろ！」

「断ります。それに僕を殺そうとしても無駄ですよ。デビルフライは僕が生み出した光に夢中ですからね」

「デビルフライが吾輩の命令を無視するとでも？」

「思っています」

「……なぜそう言い切れる？」

「ハエが言うことを聞いていなかったからです」

ベルゼはシールドに小さなハエがぶつかる音を鬱陶しがっていた。それなのに死ぬまで放置していたのだ。

それを見て僕は気づいた。僕の光には、ベルゼの鼓動による命令を上回るほどの魅力があると。

「……なるほど。どうやら貴様は賢いようだ。だが、そんな貴様ならわかっているはず。タイムリミットが夜明けまでであることに」

もちろん気づいている。夜中だから僕の光は目立つが、朝日が昇ればかすんでしまう。そうなれば僕の光は魅力を失い、デビルフライはベルゼに従う。僕にシールドを消させるため、ほかの町を襲わせようとするだろう。

だけど――

「夜明けを迎える前に、僕がデビルフライを一掃します！」

「はったりを。人間にそんな魔法が使えるものか。仮に事実だとしても、デビルフライを一掃するほどの魔法を放てば町が滅びてしまうぞ」

「町に撃つ気はありません。僕が撃つのは夜空です！」

そう告げるとともに、僕は両手を腰元に添える。手のなかに光の玉が生まれ、直径一〇センチ、二〇センチ、三〇センチと膨張していき――

「デスビィィィィム！」

五〇センチにまで膨らんだところで、港町の上空めがけて青白い光線を放った。

まるで花火が炸裂したような明るさだ。デスビームは一瞬にして周囲を昼間に変えた。目を覆いたくなるほどの輝きを放つ光線は一直線に夜空へ伸びていき——

「バ、バカな⁉」

ベルゼが動揺の叫びを上げた。

どうやら気づいたようだ。シールドビームに群がっていたデビルフライが、次々とデスビームに飛び込んでいることに。

「あ、あり得ぬ！　なぜ飛び込むのだ⁉」

「走光性ですよ！」

「走光性だと⁉　なんだそれは！」

「虫が持つ習性です！」

光に近づく走光性と、光から離れる走光性——ハエが持つのは前者だ。

魔物とはいえ外見はハエに酷似している。そしてポイズンモスは魔物でありながら走光性を持っていた。だったらデビルフライが走光性の習性を持っていてもおかしくない。

実際、デビルフライはベルゼを覆うシールドを無視して、港町のシールドに群がった。強い光を求めた結果だ。だからその習性を利用して、より強い光を生み出したのだ。デスビームという強い光を。

狙い通り、デビルフライは次々とデスビームに突っ込み、瞬く間に数を減らしていく。

これぞまさに飛んで火に入る夏の虫だ。

戦力が消えていき、ベルゼがにわかに焦り始める。

「な、なぜ自滅するのだ!? 触れれば死ぬことくらいわかるだろう!」

「僕の光がそれだけ魅力的ってことですよ!」

「ふざけるな! 吾輩も光っているだろう! こっちに来い! この人間を殺せ!」

「無駄ですよ! デスビームの前では光ってないのと同じですからね!」

港町を覆うシールドにすら魅力で勝てなかったのだ。ベルゼを覆う小さなシールドが、デスビームの輝きに勝てるわけがない。

「自滅をやめろ! 吾輩の命令が聞けぬのか!」

ベルゼは焦燥感に駆られている。いまごろ心臓が激しく鼓動してそうだ。それでもなおデビルフライは制御できず、デスビームで消えていき――

ついに全滅した。

デスビームを消すと、再び周囲が薄闇に染まる。シールドビームの明かりに照らされたベルゼの顔が、怒りと焦りに歪んでいた。

「あとはあなただけですね！」

「ふざけるな！　人間ごときが吾輩を倒せると本気で思っているのか⁉」

「思っています！」

「はったりを！　あれだけの魔法を使ったのだ！　貴様の魔力はもう底を突きかけているはずだ！」

「とんでもない！　一晩中でも撃てますよ！」

むしろ撃ちたいくらいだ。

なぜならデスビームは最高だから！　気持ちよさが段違いだ！　撃ってる最中は脳汁がドバドバと溢れ、長時間快楽を味わったことで最高にハイな気分になっている。

「たとえはったりではなかろうと、吾輩に勝つことはできぬ！」

「それこそはったりでしょう！　あなたの奥の手は消えたんですから！」

「デビルフライが奥の手だと？　吾輩が虫けら以下だと思っているのか⁉　デビルフライなどおらずとも吾輩は強い！　そもそも最初からあれだけのデビルフライがいたわけではないのだからな！　昔は吾輩が単独で戦っていた！　多くの冒険者どもを食らってきた！　貴様のような自信に満ちた冒険者をな！」

昔話とはいえ殺した自慢を聞かされるのは不快極まりない。せっかくデスビームでいい気分になっているんだ。友達が僕の帰りを待ってるし、早く倒してしまおう。

　僕は腰元に両手を添えた。手のなかに光が集まっていく。

「貴様には特別に見せてくれるわ！　吾輩の真の姿を！」

　叫んだ瞬間、ベルゼの肌が紫がかっていく。髪が抜け落ち、口が裂けて牙が伸び、飛び出した目玉が赤く染まりながら膨張していき、筋肉が膨らみ、燕尾服が裂け――

　ベルゼはハエのような複眼を持つ、紫がかったバケモノに姿を変えた。その腕は丸太のように太く、その牙は虎のように鋭い。

「これこそが吾輩の真の姿だ！　この状態になると空腹になるので普段は人間の姿をしていたが、貴様を殺して腹を満たすので問題はない！　この姿になった吾輩は、先ほどとは比較にならん強さがある！　一〇〇〇〇〇〇〇倍の強さがな！　この力があれば貴様のシールドなど一撃だ！　そのあとは貴様を食って腹を満たしてくれるわ！」

　ベルゼは同じことを二度言った。それだけ僕を食べたいのかもしれないが、テンション高めの口調といい、一〇〇〇〇〇〇〇倍という明らかに盛られた数字といい……知能が下がったように感じられる。

　強い魔物ほど知能が高く、人間のように振る舞うのだ。いまのベルゼは知能が高いとは思えず、人間のようにも見えない。つまり――

「あなたにシールドを破ることはできません！」

　彼の強さはブラド以下だ。ブラドですら破れなかったシールドを、ベルゼに破れるとは思えない。

　僕の言葉を挑発として受け取ったのか、ベルゼはシールドに拳を叩きつける。しかし、バチッと弾かれるだけだった。

「く、くはははははッ！　なかなか丈夫なシールドのようだ！　こちらも本気を出させてもらうとしよう！」

「では僕も本気を出しますね！」

「貴様の本気などたかが知れている！　死にたくなければ吾輩を解放しろ！　そうすれば命だけは助けてやろう！」

「断ります！」

「な、ならば町を襲うのもやめてやろう！」

「あなたを倒せば町が襲われる心配もありません！」

「で、では――そうだ！　では貴様に美食をくれてやろう！　吾輩は長きにわたり美食を食らってきたのだ！　吾輩ならば美食を作ることもできる！　貴様が味わったことのない美食を食わせることができるぞ！」

「僕は本当の美食を知っています！　あなたが知らない美食を――！」

　これ以上の問答は時間の無駄だ。ベルゼめがけてデスビームをお見舞いする。

　ビイイイイイ！　と青白い光線が一直線に放たれ、ベルゼを飲み込み、背後の灯台が跡形もなく消滅する。

「そ、そんなわけがない！　吾輩は数多くの美食を食べてきたのだ！　貴様が知っていて吾輩が知らぬ美食など、この世に存在するわけがない！」

　シールドビームは健在のようで、眩い光の向こうからベルゼの叫び声が聞こえてきた。

「お、教えろ人間！　いったいなんなのだ、その美食とは⁉　吾輩にも食べさせろ！」

「たとえここで見逃しても、あなたには一生食べることはできません！」

　ベルゼを包んでいたシールドビームを解除する。一瞬で消滅したようで、断末魔の叫び声すら聞こえてこなかった。

　ドバドバと快楽物質が溢れているのだ。このままビームを撃ちたい気持ちもあるけれど、オルテアさんたちが僕を心配してるんだ。それにバチバチと弾ける音が響き、町の人々は目覚めているはず。

　青白い薄膜に群がるデビルフライにスタンピードを連想し、恐怖に震えているはずだ。みんなを安心させるためにも町に行かないと！

デスビームを消すと、ジェットビームで高台を発つ。パラソル状に広がったシールドを消しつつ飛んでいると、町から屋敷へ繋がる坂道の下に人集りができていた。

魔物が押し寄せれば屋内に隠れそうなものだけど、モンストロさんにはスタンピードを阻止したという実績があるため、助けを求めに屋敷へ向かおうとしたのだろう。

坂道の下で僕の帰りを待っていたモンストロさんは、怯える町のみんなをなだめている様子だった。

その近くにオルテアさんたちの姿を見つけ、まずはそちらへ向かう。ジェットビームの光にオルテアさんが顔を上げ、ぱあっと笑顔になった。

「おかえりカイトっ！」

「無事なようでなによりだ！」

「怪我はねえか!?」

一斉に話しかけてくる三人に、僕は明るく告げた。

「ただいま。見ての通り、無傷だよ」

「そうかっ！　さすがカイトだなっ！」

「僕は強いからね」

ティガロさんを不安にさせないために余裕ぶってみせたけど、下手すると無傷どころか負けていた。

最初に空から不意打ちしなかったのは、僕の目的を確かめるため――モンストロさんの裏切りを確かめるためだろうけど、ベルゼにデスビームを撃った時点で敵意は確認できたはず。

なのにデスビームを外した僕に、ベルゼは攻撃しなかった。あのとき攻撃されていれば、僕は確実に死んでいたのに。

ベルゼの敗因は僕の光に興味を持ってしまったこと。デビルフライほどじゃないにせよ、彼もまた光に魅了される習性を持っていたのだ。

「剣聖様！　剣聖様！　デビルフライはどうなったのですか⁉」

「どこかへ飛んでいったのですか⁉　まだ脅威は残っているのですか⁉」

「スタンピードは……スタンピードは継続中なのですか⁉」

モンストロさんから『剣聖様が戦っている』と聞かされたのだろう。モンストロさんを囲んでいた人々が押し寄せ、不安そうにたずねてきた。

僕はみんなに笑みを向け、

「一〇〇〇〇匹を超えるデビルフライとそれを率いていた南の魔王は、僕が倒しました！もうスタンピードは発生しません！」

遠くにいるひとまで聞こえるように大声で告げた瞬間、わっと歓声が上がった。みんな心の底から歓喜しているが、とりわけ三〇年もベルゼに怯え続けてきたモンストロさんの喜びはひとしおだ。

感極まったように涙を流し、喜びで顔をくしゃくしゃにしたまま僕の手をがしっと掴み、涙で言葉を詰まらせながらも感謝の気持ちを伝えてくる。

「ありがとうございます！　ありがとうございます！　スタンピードを阻止するどころか、諸悪の根源ごと倒してくださるなんて……！　おかげで町は救われました！　こんな日が訪れるなんて……本当に、本当に、なんとお礼を申し上げたらよいか……」

何度も何度も頭を下げるモンストロさんに、僕はほほ笑みかけた。

「気にしないでください。僕はただ、友達を守っただけですから。それに町を救ったのはお互い様ですよ。モンストロさんも三〇年、町を守ってきたんですから。これからも町長として、平和な町作りを頑張ってください」

笑顔でエールを送ると、モンストロさんは満面の笑みでうなずいた。

「これからは私の料理でみんなを元気づけ、平和な町作りに貢献します！」

「料理店を開くんですか？」

「ええっ！　ずっと夢見てましたから！　だから……」

モンストロさんはメイドさんたちに頭を下げた。

「これからは料理を手伝ってくれ！」

主人に頭を下げられて、メイドさんたちは戸惑うように顔を見合わせる。マロンさんがおずおずと、

「私たちに料理の心得はありませんが……。厨房に立ち入れば、旦那様のご迷惑になるのではありませんか？」

「そんなことはない！　迷惑になど思わない！　料理なら私が教える！　昔のように……父が生きていた頃のように、また誰かと一緒に料理をしたいのだ！」

モンストロさんに本気で必要とされていることが伝わったようで、メイドさんは一様に笑みを浮かべた。

「喜んでお仕えさせていただきます！」

「ああ！　ああ！　そうしてくれ！　……ティガロも、よければいつか食べに来てくれ」

もてなすと言いながら殺そうとしたあとだ。モンストロさんは自信なさそうにしているけれど……謝罪の気持ちが伝わったのか、ティガロさんは照れくさそうに頬をかき、

「いつかと言わず、今日食わせてくれ。……モンストロの飯、マジで美味いからな」

オルテアさんとフリーゼさんが、同意するようにうんうんうなずく。

「ほっぺが落ちる美味しさだったものねっ！　毎日食べたいくらいだわっ！」

「朝からあれを食べられれば、その日一日は最高の気分で過ごせるに違いないっ！」

「よかったら僕たちもご馳走になっていいですか？」

明るくたずねる僕たちに、モンストロさんは晴れやかな笑みを浮かべるのだった。

「もちろんですとも！　精一杯おもてなしさせていただきますっ！」

《　終幕　Ａ級冒険者　》

屋敷に一泊したあと――。

美味しい朝食に舌鼓を打った僕たちは、モンストロさんをはじめとする屋敷のみんなに見送られるなか、港町をあとにした。

楽しくおしゃべりしながら空を飛んでいき、西の空が茜色に染まる頃、王都上空に帰りつく。

「疲れてるなら一度家に寄るけど、どうする？」

「ちょっとお尻がじんじんするくらいで疲れてないわ」

「私たちはただ座っていただけなのでな」

「わたしも平気だ」

「だったらこのままギルドに行くね？」

上空から第一区画の大通りを見つけ、そちらへ向かって飛んでいく。

「カイトが南の魔王を倒したって報告したら、ギルドのみんな驚くでしょうねっ！」

「大歓声に包まれるに違いないっ！　あれだけスタンピードに怯えていたのだからな！」

ふたりともギルドに行くのが待ち遠しそうだ。僕も早く報告したい。そして、みんなを安心させたい――

「なあ、わたしはギルドの外で待ってたほうがいいよな？」

と、ティガロさんが遠慮がちに話しかけてきた。

今回はオルテアさん、フリーゼさん、僕、ティガロさんという順でスティックビームに座っている。うしろにいるので表情は窺えないけれど、ティガロさんは寂しがってそうな声だった。

「ティガロさんも一緒でいいよ」

「け、けどよ、わたしは冒険者じゃないぜ？」

「冒険者以外は立ち入り禁止ってわけじゃないよ。ギルド内の食堂も、一般開放されてるくらいだからね」

「そっか。ならいいんだが……」

ティガロさんは、まだなにか言いたげだった。

口ぶり的に、彼女が僕たちとギルドに入りたがっているのは間違いない。そして一緒に入れることになったのに、嬉しそうにはしていない。

だとすると……

「ティガロさんにひとつ頼みがあるんだ」

「わたしに頼み？　掃除か？」

「ううん。Ａ級に昇級したら、あとふたり仲間を見つけなくちゃいけないんだよ。だけど当てがないからね。だから、もしよかったら一緒に冒険者になってくれないかな？」

「わたしが、冒険者に……」

ティガロさんの声色が、にわかに明るくなる。

思った通り、ひとりで留守番するのを寂しがっていたようだ。

殺されかけたりデビルフライが押し寄せたりと揉め事はあったけど、今回僕たちと旅をして、心から楽しめた——。

だからこそ、これからも一緒に旅をしたいと思ってくれたんだ。

「おおっ、それは名案だな！」

「あたしも大賛成よっ！」

「ほ、ほんとにわたしが一緒でいいのか？」

「もちろんだ！　昔言っただろう、一緒に冒険者になろうと！」

「ティガロなら気を遣わずに旅できるわっ！」

「け、けど、もっと戦力になる奴を誘ったほうがいいんじゃ……」

「魔物なら僕が倒すよ。ただ、魔物を倒して帰るだけなのはつまらないから。友達と一緒なら、僕も楽しく旅できるよ」

僕たちの歓迎を受け入れてくれたのか、ティガロさんは嬉しげに声を弾ませる。

「ありがとな！　そういうことなら仲間に入れさせてもらうぜっ！」

「そうと決まれば加入パーティをしなくちゃねっ！」

「A級昇級パーティもなっ！」

「お前ら、また飲むのかよ……」

盛り上がるふたりに、ティガロさんはあきれたように苦笑する。

そうして話しながらも高度を下げていき、僕たちはギルド前に着地した。ビームを消し、みんなで屋内へ足を踏み入れる。

「おおっ！　剣聖様が帰ってきたぞ！」

重厚な扉を開けた瞬間、僕たちは歓声に出迎えられた。食堂で酒盛りしていた冒険者がジョッキを掲げ、受付に並んでいたひとたちが駆け寄ってくる。

みんな満面の笑みだった。

「聞きましたよ！　スタンピードを食い止めたと！」

「追い払うどころか、デビルフライの群れを駆除したと！」

「しかも南の魔王を討ち取ったそうじゃないですかっ！」

「ありがとうございます剣聖様！　これで安心して生活できます！」

　ギルド内は大盛り上がりだ。

　どうやら港町から王都へ連絡が行き、あっという間に噂が広まったようだ。すでに街中
——いや、国中に知れ渡っていることだろう。

「カイト、すげえ人気だな……」

「そりゃそうよっ。ブラドに続いて南の魔王を倒したんだもの！」

「友達として誇らしいことこの上ないのだ！」

「だなっ。カイトは最高の友達だぜ！」

　三人の褒め言葉を嬉しく思いつつ、僕は次から次へと求められる握手に応じる。右手が
じんじんする頃にようやく解放され、オルテアさんたちといつもの窓口へ向かった。

「おかえりなさいカイト様っ！　港町ではずいぶんと活躍されたそうですねっ！　デビル
フライを殲滅し、さらには南の魔王を倒すなんて——まさに英雄ですね！」

　喜んでもらえるのは嬉しいけれど、こんなにも褒められると照れくさくなってしまう。

「ありがとうございます。さっそくですが、密林調査が終わったので報告します」

港町を発ったあと、僕たちは密林へ向かった。港町を襲ったデビルフライは一匹残らず駆除したが、密林に留まっている個体がいないとも限らないし、依頼を受けている以上はいい加減な報告をするわけにはいかないからだ。

「調査の結果、密林にデビルフライは見当たりませんでした」

「そうですかっ！　それではさっそく報酬を支払わせていただきますねっ！」

受付嬢さんはカウンターに金貨を置いた。

「こちら報酬の金貨三〇枚になります！　南の魔王の討伐報酬につきましては、後日国王様の使いが来られるかと！」

それと……、とカウンターに金ぴかのバッジが出される。冒険者の最高峰であるA級の称号――ゴールドバッジだ。

さっそくシルバーバッジを返却すると、ゴールドバッジを襟元に迎え入れる。

「すっごく似合ってるわよっ！」

「カイト殿の活躍に相応しい輝きだな！」

「かっこいいぜっ！」

「ありがと！」

昇級したこともそうだけど、なによりこうして友達に祝ってもらえるのが嬉しい。別途

報酬をいただけるそうだが、僕にとっては友達の笑顔がなによりの褒美だ。もっと笑顔になってくれれば、ますます幸せな気持ちになれる。

そのためにも――

「家に帰る前に、食事にしよっか？」

朝食はたっぷり食べたが、昼食は抜いているのでお腹がぺこぺこだ。食事と聞き、三人ともはしゃぎ声を上げた。

「そうねっ！　食べてから帰りたいわ！」

「賛成だ！　A級に昇級したことだし、お祝いに今日はカイト殿の好物を食べよう！」

「だなっ！　カイトはなにが食べたいんだ？」

「僕はみんなと一緒ならなんでもいいよ」

大好きな友達に囲まれて、おしゃべりを楽しみながら食べる料理――それこそが一番の美食なのだから。

みんなと一緒なら、どんな料理でも美味しく味わうことができる。

「強いて言えば、カイトはなにが好きなんだ？」

「強いて言えばかー……昔から納豆はよく食べてたかな」

三人がきょとんとした。

「納豆？　なにそれ、聞いたことないわ」

「豆を腐らせて作る発酵食品だよ」

「豆を、腐らせて……？　それ、美味しいの？」

「僕は美味しいと思うけど、苦手なひとも多いって聞くよ」

「そう……。だけど、一度食べてみたいわ」

「カイト殿が好きな食べ物だ。私も好きになるに違いない！」

「豆を腐らせるだけなら作れそうだしなっ！」

盛り上がりに水を差したくないので黙っておくけど、ただ腐らせるだけでは腐った豆にしかならない。

「今度僕が作ってあげるよ」

ずいぶん昔の話になるが、食に対する関心を深めるため、小学校で納豆作り体験学習が行われた。大人同伴とはいえ、小学生でも作れたくらいだ。僕は料理が不得意だけれど、そんなに難しくなかったし、ちゃんと作れるはずだ。

「でさ、せっかくだから好きな食べ物を持ち寄ってパーティしない？」

「それ面白そうっ！　あたしはワインを持ち寄るわ！」

「では私はビールを持ち寄るとしよう！」

「ただの飲み会じゃねえか……ま、楽しそうだしいいけどよ」

おかしそうに苦笑するティガロさん。

その日が待ちきれないけれど、今日これから食事会を楽しめるんだ。明日も、明後日も、みんなと食事できるんだ。毎日そんなひとときを過ごせるなんて……本当に異世界に転移してよかった！

そうして大好きな友達と食卓を囲む瞬間を楽しみにしながら、僕たちはギルドをあとにしたのだった。

《 あとがき 》

おひさしぶりです、猫又ぬこです。

この度は『最強デスビームを撃てるサラリーマン、異世界を征く』第二巻を手に取っていただき、まことにありがとうございます。

おかげさまで無事に第二巻を出すことができました。とあるケモミミ娘に衝撃を受けたことがライトノベルを読むようになったきっかけの一つなので、またケモミミ娘を書けて嬉しかったです。


お知らせです。

コミックファイアにて、私の前作『元カノ先生は、ちょっぴりエッチな家庭訪問できみとの愛を育みたい。』のコミカライズが連載中です。作画ははづきけい先生に担当していただきました。よろしければぜひぜひぜひ。

それでは謝辞を。

本作の出版にあたっては、多くの方にご尽力いただきました。

担当様をはじめとするＨＪ文庫編集部の皆様。

お忙しいなか素敵なイラストを手がけてくださったカット先生。

校正様、デザイナー様、そのほか本作に関わってくださった関係者の方々――。本当にありがとうございます。

そしてなにより本作をご購入くださった読者の皆様に最上級の感謝を。皆様に少しでもお楽しみいただけたなら、これ以上の幸せはありません。

それでは、またどこかでお会いできることを祈りつつ。

二〇二四年まだまだ寒い日　猫又ぬこ

https://firecross.jp/

最強デスビームを撃てるサラリーマン、異世界を征く 2
剣と魔法の世界を無敵のビームで無双する

2024年4月1日　初版発行

著者――猫又ぬこ

発行者―松下大介
発行所―株式会社ホビージャパン

〒151-0053
東京都渋谷区代々木2-15-8
電話　03(5304)7604（編集）
　　　03(5304)9112（営業）

印刷所――大日本印刷株式会社

装丁――木村デザイン・ラボ／株式会社エストール

ISBN978-4-7986-3498-2　C0193

ファンレター、作品のご感想お待ちしております

〒151－0053　東京都渋谷区代々木2－15－8
(株)ホビージャパン HJ文庫編集部 気付
猫又ぬこ 先生／カット 先生

リピート・ヴァイス 1
～悪役貴族は死にたくないので四天王になるのをやめました～

著者／黒川陽継
イラスト／釧路くき

実は最強のザコ悪役貴族、
破滅エンドをぶち壊す！

人気RPGが具現化した異世界。夢で原作知識を得た傲慢貴族のローファスは、己が惨殺される未来を避けるべく動き出す！　まずは悪徳役人を成敗して、領地を荒らす魔物を眷属化していく。ゲームでは発揮できなかった本来の実力を本番でフル活用して、"ザコ悪役"が気づけば物語の主役に!?